Hay un muerto en mi balcón

Ani Palacios

PUKIYARI EDITORES
www.pukiyari.com

Hay un muerto en mi balcón

Ani Palacios

PUKIYARI EDITORES
www.pukiyari.com

Dijo Orison Swett Marden:
"Los obstáculos te parecerán grandes o pequeños
en función de si eres grande o pequeño".
Eres grande, Félix,
grande en las aventuras de nuestra vida,
grande en tu corazón acogedor,
grande en tu energía que me guía.
Eres el <u>grande</u> de mi vida.

ÍNDICE

Un día cualquiera

Me sentí hipnotizado por su presencia desde la primera vez que la vi salir, como si de un parto se tratase, de entre la enredadera de brazos, piernas, torsos y cabezas que componían la muralla humana formada alrededor de la mesa frente a la cual me encontraba sentado. Fue casi como una aparición divina, ese pedazo de gente de a duras penas metro cincuenta haciéndose paso por entre las entrañas de aquella fortaleza aglutinada por gruesos sacos de invierno, bufandas y sombreros de lana, sacando cabeza y pierna derecha primero para luego mostrar el resto de su cuerpo frente a mí.

Su aparición fue tan repentina que ninguno de los ahí amontonados para comprar un ejemplar de mi nuevo libro tuvo la oportunidad de darse cuenta o gritarle; porque, así como la vi parirse de entre el gentío, también la vi mirándome, como midiéndome, por un intenso momento con esos ojos grandes e inquisitivos y desaparecer detrás de los anaqueles de libros de la sección de Filosofía.

El tiempo se detuvo en ese instante. Mi mente se dejó llevar por lo que acababa de suceder y mi espíritu parecía flotar por encima del gentío. ¿Qué fue eso que sentí durante la brevísima conexión? ¿Una chispa? ¿Un lazo? ¿Un vínculo? Estaba como atontado, el lapicero detenido en la última letra inscrita en la dedicatoria a un hombre tan alto que lo único que lograba ver desde donde estaba sentado eran sus piernas, el tiro de su pantalón desgarbado y un cinturón de cuero desgastado que terminaba en una gigantesca hebilla de metal plateado con figuras satánicas. El hombre me hablaba, pero yo no podía descifrar lo que decía; era como si me encontrase en un viaje astral, buscando a aquella mujer por entre el laberinto de estantes de libros en esa inmensidad de librería.

Regresé a mí mismo cuando el hombre se inclinó sobre la mesa y me encontré cara a cara con él.

—¿Pasa algo? —dijo el hombre mostrando su diente de oro y sus azulísimos ojos mientras sus cadenas se balanceaban frente a mi vista haciendo un cliqueteo corto y distintivo.

Lo miré. No sabía qué contestarle, pero cuando noté la página en blanco bajo mi lapicero en el aire le dije:

—Perdón… ¿su nombre?

—Hágalo para Piraña —dijo y sonrió mostrando sus filudos dientes.

Terminé de escribir la dedicatoria para Piraña y para una docena de sujetos con parecidos aciagos nombres y siniestras fachas. Era mi culpa. Estos son los individuos que leen tus libros cuando escribes novelas negras. Y esta última tenía el atractivo de basarse en la vida de uno de los ídolos de este grupo. Me dije que no podían ser tan malos si leían y empecé a guardar con toda parsimonia mis cosas. Todavía tenía la esperanza de volverme a topar con esa mujer.

Ya casi no me quedaba nada por hacer en la librería cuando la vi acercarse. No era una belleza, lo cual siempre es un incentivo desde mi punto de vista — nunca me han gustado las mujeres que hay que tratarlas como si fueran un adorno— tenía una figura juvenil, vestía unos vaqueros ceñidos y una camiseta con un diseño retro en el frente. A pesar de su pequeña estatura calzaba zapatillas urbanas de lona color crema. Llevaba poco maquillaje y el pelo azabache largo y suelto cayendo hasta sus hombros. La recorrí con la mirada de punta a punta. Me sorprendió la soltura de su andar, el cantar de sus caderas, la sonrisa enigmática y sus ojos… unos ojos que apenas conectaron con los míos los atraparon dentro de su negrura insondable.

—He estado esperando para que me firmes mi copia —dijo entregándome un ejemplar de mi novela.

Hice una mueca que pensé era una sonrisa y en cámara lenta alcé el brazo para recibir el libro. Su magnetismo no me dejaba reaccionar de manera normal. Aproveché para mirarla mejor. Sus ojos eran definitivamente raros, diferentes, almendrados y achinados al mismo tiempo, la pupila y el iris del color de una noche oscura se volvían indistinguibles bajo las largas pestañas y delineadas pero tupidas cejas.

Tomé el libro, me senté en una silla cercana y como siempre pregunté:

—¿Cuál es tu nombre?

—Magdalena Santander —respondió con una sonrisa. Yo aproveché esos segundos para levantar la vista y recorrerla una vez más. Presentí que aquella mujer traía una carga dura con ella. Tenía una especie de aura gris irradiando de su ser. Me pregunté qué sería aquello que al parecer la apesadumbraba.

Después de unos segundos bajé el rostro y me enfoqué en escribir la dedicatoria. *"Para Magdalena con mucho cariño, tu amigo Jordi Ferrer"* inscribí y le pasé el libro cerrado.

Ella lo abrió y cuando leyó la dedicatoria por un momento esa nube melancólica que la envolvía desapareció.

—¿En verdad eres mi amigo? —preguntó con la inocencia de una criatura.

Me quedé pensando. En verdad no era su amigo. Ni siquiera la conocía. Eso era en realidad lo que ponía en la mayoría de las dedicatorias de mis libros, y ahora sentía que Magdalena acababa de descubrir mi pequeño fraude.

—En verdad soy tu amigo —dije pensando que lo decía para tratar de tapar la verdad acerca de aquella estúpida inscripción, pero lo cierto es que buscaba de alguna manera alargar la conversación. ¿Tal vez trataba de hacerme su amigo? ¿Pero cuál sería mi motivo? Cientos de personas vienen a mis presentaciones de libros y no es que quiera hacerme amigo de ninguno de ellos. Es que aquí había algo diferente. Intuía algo en Magdalena. Algo que no era normal. Tal vez eso era lo que me atraía a ella en ese instante.

—Gracias —contestó mirándome con esos dolidos ojos azabaches.

Le hice un gesto para que se sentase junto a mí. No sé por qué lo hice. Por lo general después de una presentación lo único que me provoca es regresar al hotel, darme un duchazo con agua hirviendo y meterme a la cama, pero esta vez sentía que necesitaba la compañía de Magdalena.

Ella se sentó con timidez, casi al borde de la silla, y me hizo un gesto de agradecimiento. Era como que casi no creía que alguien le fuera gentil.

—Hay algo que te tengo que contar. No, algo que te tengo que pedir —dijo. Parecía buscar precisión en sus palabras.

La miré. No sé si sentía más pena que intriga, lo único que entendía era que ese día cualquiera terminaría en una nota muy especial.

Una noche especial

Cuando uno sufre, ese dolor se desparrama por todo tu ser y empieza a cobrar vida propia, dispersándose y adentrándose en cada rendija del alma y de la mente, creciendo inestable y formando y deformando cada sentimiento y cada pensamiento dentro de ese molde antes creado, sin nuestro consentimiento, en el horno de la maldad. Es una fundición perversa en donde todo lo maligno y siniestro de nuestra vida se fusiona con lo poco de bueno que pensamos nos queda para convertirse en un arma punzocortante que nos destroza, nos hiere sin piedad, nos cuartea y luego nos desgarra desde nuestras entrañas hacia afuera, hasta que no queda nada reconocible de nosotros y entonces uno mismo se convierte en un instrumento de depravación.

Así me encontraba el día que conocí a Jordi. Lista para ir a la batalla. Lista para acabar con el sufrimiento exponiendo al mundo la verdad.

Lo conocí poco después de tomar control total sobre la miseria que se posó sobre mi vida y me envolvió completa como una telaraña de hilos pegajosos en donde me sentí inmovilizada, sin poder alguno, indefensa y sin siquiera una esperanza de recobrarme.

Un sueño premonitorio me llevó hasta él.

Una noche me quedé dormida pensando en cómo podía yo recuperar aquello que más amaba y que de golpe fue arrebatada de mis brazos. Recuerdo que antes de las diez de la noche, una vez dentro de la cama y cuando ya cerraba los ojos, escuché un gallo cantar y me asusté porque me pareció que sonaba igualito que cuando desapareció mi Felicidad. Meses habían pasado y yo estaba demasiado cansada de vivir nadando en contra de mi propia angustia y desesperación. Tenía que ponerme firme y hacer algo que rindiese resultados. Pero ¿qué?

Era la madrugada cuando el gallo cantó de nuevo. Abrí los ojos y en mi entresueño vi la silueta de una persona con las manos abiertas hacia mí. Algo brillaba en aquellas manos, el fulgor no me permitía ver el rostro de la persona. Tenía una voz tan fuerte que me despertó del todo. Me dijo: «No te preocupes. Todo va a cambiar».

Al día siguiente desperté llena de energía, pero al ver que nada fuera de lo normal ocurrió me sentí incluso más deprimida y me fui a dormir temprano. Necesitaba llorar a solas.

Entonces tuve otro sueño. Vi una mesa. Era sencilla, simplemente un tablón de madera y cuatro patas. Parecía una mesa para desayuno. Encima de la mesa había una ruma de páginas en blanco. Arriba de las hojas se sentaba un lapicero.

Al comienzo no entendí el mensaje. De alguna manera pensé que lo que vi significaba que yo debía escribir algo. Pero a pesar de que intenté una y otra vez de hacerlo, pronto me di cuenta de que no era buena en tratar de contar con palabras bonitas lo que me atormentaba, y tampoco podía concebir cómo escribir un libro podía ayudar con encontrar a mi Felicidad.

Así que abandoné la idea, pero la idea no me abandonó a mí. Aunque sea no del todo.

Tuve un tercer sueño, en otra ocasión en que el gallo cantó a una hora extraña. En las imágenes que aparecieron esa noche veía a la misma persona del primer sueño escribiendo un libro. Esta vez, en lugar de una silueta vi con toda claridad, casi como si estuviese frente a mí en la vida real, a un hombre barbudo de ojos verdes y pelo negro ensortijado. Emanaba de él un aura de paz.

Cuando se lo conté a mi mamá, ella me respondió muy seria que lo que los sueños trataban de decirme era que buscara a un escritor. Esa idea sí que agarró raíz en mi mente. Necesitaba un tipo de ayuda específica. Corrí a la biblioteca de mi pueblo y le conté a la bibliotecaria, una señorita de nombre Diana, todo lo que me ocurría y que el sueño me indicaba que buscase a un escritor pero que primero yo necesitaba que ella me ayudase a escoger.

Con algunos nombres que me dio Diana tomé un autobús y me fui para Lima. De alguna manera ella asumió que la persona que me iba ayudar tendría que ser alguien famoso. Realmente no hizo caso de la descripción que le di del hombre que vi en mi último sueño. Yo no lo veía parecido a ninguno de los que ella me mostró en las fotos que publicaban en los libros que me enseñó.

Igual seguí su consejo y traté de ponerme en contacto con los seis hombres. Pude ver a cada uno de ellos en persona. El primero se rio del tema de los sueños. El segundo me dijo que estaba demasiado ocupado. El tercero me dio una mirada y me contestó que esas no eran maneras de presentarse a pedir un favor. El cuarto pensó que venía a mendigar cuando traté de acercarme a su mesa en un restaurante. El quinto sí me llegó a escuchar, pero me dijo que sería mejor que fuese a la policía y pusiese una denuncia. Y el sexto… el sexto tampoco me quiso ayudar, pero fue el único que dijo algo interesante: «Lo que necesitas es un escritor de misterio. Vete a Estados Unidos, que allá está tu hija y la persona que te ayudará».

Ese hombre sí que me dio una patada en el trasero para ponerme en acción. Después de tanto tiempo sin ver a mi hija, no perdía nada con tratar.

Conseguir el dinero para viajar hasta un país cercano y luego cruzar con "ayuda" en la frontera no fue sencillo, pero todos en la familia y mis conocidos me colaboraron. Y así empecé mi peregrinaje hacia lugares que de hecho serían extraños y chocantes y tal vez hasta fríos y peligrosos, pero, aunque todavía no tenía idea de quién sería ese escritor que me ayudaría, nunca dudé del poder del amor de madre que llevaba en mi talega.

Para mi sorpresa, pude llegar al otro lado sin demasiadas incidencias o momentos desastrosos. Sé que tuve suerte ya que se sabe de personas que mueren o son secuestradas y vendidas por tratantes de mujeres.

La única conocida que tenía en el país vivía en Iowa, así que como pude hasta allá me dirigí. Tardé casi una semana en llegar; pero, cuando lo hice, no pude haber pedido mejor compañía. Mayte, a quien escribí antes de salir de Lima, me esperó con una mesa llena de rumas con libros de misterio y su portátil lista para ayudarme a hacer las búsquedas necesarias hasta encontrar al escritor.

De inmediato nos pusimos a trabajar. Si había llegado hasta Cedar Rapids nada me detendría hasta encontrarlo.

Lo que nos pareció que tal vez lograríamos en unos pocos días se convirtió en una indagación que se alargó varias semanas. Y no fue en la biblioteca donde lo encontramos, sino en la televisión.

Una noche, ya tarde, estaba yo echada en un sillón viendo tele pasando de canal en canal sin encontrar nada que me provocase ver. De pronto me encontré en la pantalla cara a cara con él. ¡Era el escritor! Su nombre: Jordi Ferrer. Su especialidad: novelas de misterio basadas en hechos reales, sobre todo crímenes. Sus investigaciones, decía él en la entrevista, lo llevaban a encontrar pistas que a veces ni siquiera los mismos detectives encontraban.

Llamé a Mayte a chillidos. Salió de su cuarto a gritarme por la bulla que le estaba haciendo.

—Cállate, que vas a despertar a los vecinos; y si nos encuentra la policía, nos vamos de patitas al sur.

Luego se percató de mi sonrisa.

—¿Qué pasó? ¿Por qué estás así de feliz?

—Mira —dije señalando hacia la tele.

—Miro… ¿qué? —dijo y giró su cabeza hacia la pantalla.

—Que allí está, pues… gua…

—¿Quiéééñnn…? — preguntó con un bostezo.

—¡Él! ¡El escritor!

—¡Gua! ¿Estás segura? —reaccionó por fin contagiándose de mi alegría.

—¡Claro que sí! Igualito que en mi sueño —dije sin poder evitar saltar de la emoción.

Mayte me ayudó a averiguar en dónde encontrarlo. Jordi Ferrer acababa de publicar una nueva novela y estaba de gira de presentaciones. Si me daba prisa, podía llegar a Bismark a tiempo para conocerlo en solo unos días.

Manejar por primera vez en Estados Unidos y en el invierno no fue sencillo, pero me tuve que sobreponer a cualquier miedo que tuviese, agradecer el carro que Mayte me prestó y la gasolina que le puso y simplemente llegar hasta el lugar en donde esperaba que mi propia historia diese un giro.

Cuando por fin vi el letrero de la ciudad mi corazón parecía tan acelerado que temía que algo malo sucedería antes de tener la oportunidad de conocer al escritor, que ya a estas alturas en mi mente se había convertido en un mesías de salvación.

Pronto encontré la inmensa librería en donde se haría la presentación. Un segundo ataque de pánico casi me impidió encontrar el parqueo. Pero lo logré. Estacioné cerca, y despacio me acerqué a la tienda. Me quedé afuera un buen rato, tratando de concebir cuál sería mi siguiente paso, cómo me acercaría a él, cómo se lo diría, cómo haría para que aceptase ayudarme. De tan emocionada que estuve cuando lo encontré y preparando el viaje, no me di tiempo para pensar en mi plan. Me sentía un poco fuera de mí, al final del camino como quien dice, cuando un ventarrón abrió la puerta de la librería de par en par.

Ingresé, todavía sin saber qué haría en aquel lugar. Empecé a caminar como quien busca un libro, deambulando por entre los estantes hinchados de títulos que llegaban casi hasta el techo del establecimiento. Esperaba que de alguna manera una señal apareciera, una palabra tal vez en un letrero o en el lomo de alguno de esos volúmenes que me sirviera de guía. Empecé a hojear los libros que me llamaron la atención en ese instante, me llevé algunos para un rincón con asientos y me senté a leer, a buscar entre líneas una clave.

De pronto escuché una voz masculina que venía del segundo piso. Me levanté para tratar de verlo desde donde estaba, pero solo logré ver las cabezas de los que supuse lo escuchaban. Subí con premura las escaleras que me llevaban hasta él; y entonces lo vi, rodeado de unas cincuenta personas que en silencio lo admiraban, asintiendo con la cabeza a todo lo que él decía. Me quedé parada, escondida detrás de unos estantes, escuchándolo. Yo también me sentí inmediatamente hipnotizada por la cadencia de sus palabras, por la importancia con que pronunciaba cada término, por la inquietante agudeza con que los miraba a todos los que estaban sentados en ese espacio, subyugados a la inteligencia de su hablar.

Cuando firmó mi copia de su libro lo supe: era Jordi la persona que Dios había puesto en mi camino para ayudarme. Ahora solamente me faltaría convencerlo.

Mi nombre es "bestseller"

Se hacía tarde y el frío en Bismark se volvía insoportable cuando llegaba a menos diez centígrados en la noche. Para no perder el hilo de la conversación, o tener que cortarla hasta otro momento, la invité a cenar al único restaurante mexicano que conocía en la ciudad. Ni siquiera se me ocurrió consultar si le apetecía ese tipo de comida, o si le gustaba, o si era mexicana. Intrigado como estaba por lo que me dijo cuando firmé su libro, ninguna de esas preguntas vino a mi mente. Lo que yo quería era encontrar un lugar donde sentarnos a charlar.

Cuando salimos de la librería hacia el estacionamiento la nieve se precipitaba con fuerza, cubriéndonos de inmediato de blanco y haciendo dificultoso el andar sobre la capa de hielo a nuestros pies y contra la rauda ráfaga de viento helado que parecía atacarnos desde todos los lados.

Caminamos agarrándonos el uno del otro para no caernos mientras reíamos de lo ridículo de la situación hasta llegar a mi camioneta, una *pick-up* musculosa cuya puerta ofrecía una escalerilla para llegar hasta la altura del asiento. Magdalena estudió la situación por un momento, pero no se dejó amedrentar, y colocando una mano en una manija cerca de la puerta y los pies en el escalón tiró con fuerza hasta caer lo más cerca posible a la butaca de pasajero y luego terminó de escalar usando ambos brazos y arrastrando su cuerpo sobre el asiento hasta lograr acomodarse.

A mí me dio entre penita y risa la escena. Aunque admito que admiré la persistencia de Magdalena frente a aquella dificultad.

Me enteré de que era peruana cuando por fin tomamos nuestros puestos en el restaurante y empezamos a degustar una comida consistente en todo tipo de tacos y aguas frescas. Ella se tomó mi metida de pata deportivamente y comió hasta empacharse, se veía que eran otras cosas de mayor importancia las que revoloteaban por su mente en ese momento.

Mientras comíamos, Magdalena contestaba a mis preguntas de introducción.

—¿De dónde eres?

—De Iowa ¿y tú?

Sonrisa cómplice.

—¿De dónde eres eres?

Me miró casi estudiándome antes de contestar:

—De Perú, ¿y tú?

—Mis padres son españoles, y viví un tiempo allá, cuando era chiquito, pero ahora vivo en Saint Paul.

—Minnesota, ¿no?

Asentí.

—Y tú, ¿qué parte de Iowa?

—Cedar Rapids.

—Estás muy lejos de casa…

—Lo sé. He manejado como diez horas. No entiendo cómo terminé aquí. O tal vez si lo sé… —dijo y me miró.

—¿Y de Perú? —seguí con mi letanía de preguntas mientras intentaba evitar su mirada.

—Catacaos… Piura…

—No lo conozco… ¿está cerca de Lima o algo?

—Uy, no, si son como mil kilómetros… casi como catorce horas en carretera… más cerca está Ecuador, Guayaquil sería la mitad del tiempo de ir a Lima…

Noté que solo respondía a lo que yo le preguntaba y no daba pie a ahondar, así que decidí que de alguna manera tendría que sonsacarle lo que vino a decirme.

—Estás lejos de Cedar Rapids… ¿Viniste hasta aquí para verme?

—La verdad no sé por qué vine o por qué se me ocurrió parar en esa librería… simplemente lo hice, manejé hasta que algo me dijo que me detuviera y entrara a esa librería, y aquí estoy —contestó e hizo un gesto de querer decir algo más, pero bajó la vista y empezó a jugar con los restos de la comida sobreviviente en su plato.

Sentí que no me decía la verdad. Pensé que tal vez tomaría un poco más de tiempo llegar al meollo del asunto y me sentí fastidiado porque al día siguiente partía hacia el oeste para seguir presentando mi libro. Tomé un sorbo de mi refresco mientras la miraba pensando en cómo debía preguntarle cuando ella me sorprendió con una pregunta propia.

—Y, dime, ¿cómo es tu proceso para identificar de qué tratará tu próxima novela? —dijo mientras lamía la salsa roja que chorreaba de su taco.

—Es simple y es complicado —contesté tomando un sorbo de mi bebida—. Me gusta ir a todo tipo de lugares, como este, porque ves mucho, conoces todo tipo de gente. De vez en cuando puedo encontrar pedacitos de lo que necesito aquí afuera, y a veces hasta me encuentro con la historia casi completa... ¿Me dejo entender?

—¿Por eso me pediste que te acompañe? —Me miró pícara.

—Soy un estudioso de la humanidad —respondí solemne.

—¿Y por qué me escogiste a mí?

—Porque me esperaste un largo rato para hablar conmigo a solas. Me dio curiosidad...

—¿No debiera darte miedo más bien?

Negué con la cabeza.

—Tengo buena intuición...

—¿Y lo complicado?

—Ummm... decidir que quiero escribir sobre una determinada historia y darme cuenta de que requiere cierta investigación y que llegar a lo que necesito llevará mucha indagación de personas que por lo general no desean sus secretos expuestos...

—¿Entonces lo que escribes es sobre cosas que de verdad ocurrieron?

Asentí y se me escapó un largo eructo. Ambos nos miramos con seriedad y luego rompimos a reír por un buen rato.

—Sipi —dije por fin.

—¿Cómo qué? —preguntó.

—Perdón… —dije y me limpié la boca y las manos con la servilleta de papel rasposo—. Bueno, por ejemplo, digamos que estoy buscando una nueva idea… Me pongo a buscar por tierra y por mar y por fin me encuentro contigo y tú me cuentas algo interesante como… como… como…

—Como que soy la mujer más conocida del mundo, pero nadie sabe mi nombre —dijo a toda velocidad y luego se tapó la boca con ambas manos.

Yo la miré intrigado y proseguí:

—…*okay*… Yo te preguntaría entonces por qué dices eso y tú tratarías de darme otras claves a ver si yo adivino, lo cual me haría querer saber más acerca de ti… y así sucesivamente. Y si después de entrevistarte me siento fascinado por el tema, es decir si tiene misterio y crimen, y si ha ocurrido en la realidad, entonces tal vez decida escribir acerca de ti.

—¿Lo harías? —preguntó Magdalena con un brillo en los ojos.

—¿Debería hacerlo? —contesté sacándome los anteojos para sobarme los ojos enrojecidos por el picante que acababa de ingerir con la cena.

—*Best seller* garantizado —replicó.

La curiosidad atrapó al gato

Sé que le desperté el apetito mental con esa palabra: "bestseller". O tal vez lo hice cuando le dije que soy la mujer más conocida del mundo. De todas formas, sentí que Jordi estaba ahora enganchado. Puse frente a él dos platos: uno llenaba su ambición, su vanidad; el otro, atraía sus deseos intelectuales.

Jordi dejó los anteojos sobre la mesa, se sobó los ojos. Reconocí que estaba haciendo tiempo, que estaba calculando cuánto creerme. Aproveché para mirarlo. Su rostro simétrico y anguloso resaltaba su masculinidad, su cabello corto mostraba su edad en aquellos antojadizos hilos de gris matizando sobre las hebras negras. Él recogió los anteojos de montura oscura y amarillentas lunas gruesas y se los volvió a colocar, enmarcando aquella mirada inquisitiva. Me observó con esos ojos verdes, relajados, y me envolvió un remanso de ternura, aunque al mismo tiempo pude sentir que en su vida faltaba algo, que se encontraba en un momento de búsqueda, que detrás de esa paz se erguía un misterio. En su rostro destacaba su sonrisa frágil, casi como de obligación. Se levantó y caminó unos pasos, me gustó su cuerpo musculoso, inquietante y sexual.

Por lo que leí en la librería mientras esperaba a que estuviese solo, sus amigos le dicen el Gato. Pude ver la referencia a lo obvio, los ojos verdes, pero tal vez se debiese a su flexibilidad, a su astucia, a su poder ver más allá de lo elemental. Lo conocía tan poco pero ya lo admiraba. Estaba segura de poder llevarme a este gato a donde quisiera.

—¿Por qué te dicen Gato? —pregunté—. ¿Es por tus ojos?

Jordi detuvo su caminata ansiosa y se volvió a sentar.

—No es por los ojos —dijo y me miró con intensidad.

Me llevé la mano al cabello y pasé los dedos por él tratando de disimular el nerviosismo que Jordi desencadenaba en mí.

—Entonces, ¿por qué?

—A los madrileños nos dicen "gatos". ¿A que no sabías esa?

Me quedé pensando y cuando no encontré ningún tipo de información acerca de este dato en mi mente, le pregunté de qué estaba hablando.

—Cuenta la leyenda que Alfonso VI quería rescatar Mayrit, parte de lo que es Madrid hoy, de los musulmanes. Pero la villa se encontraba amurallada y era difícil llegar a lo alto de las torres sin ser detectado. Fue un ágil joven quien con la destreza, rapidez y agilidad de un gato y armado con una daga logró conquistar este inmenso obstáculo y abrir camino para los soldados. Claro que este gato se convirtió en un héroe y gracias a su proeza a los que nacimos en Madrid tres generaciones o más nos apodan "gatos". Para que lo sepas —dijo y sonriendo se arregló los anteojos que de cuando en cuando resbalaban sobre su nariz.

Yo le sonreí de regreso. Me gustaban esos cuentitos y la verdad que ese nunca lo había escuchado, aunque para mí seguía teniendo más sentido que le llamaran Gato por sus ojos.

—A mí me gusta más tu nombre, así que, disculpa, pero prefiero decirte Jordi —le dije como haciéndome la importante. Quería de alguna manera sobresalir en su vida. Si lo iba a convencer de escribir, y sobre todo investigar, mi historia tenía que despuntar por encima de cualquier amistad, familia, pareja o idea que estuviese contemplando escribir—. Jordi me suena tan personal, tan cálido, como un amigo que conozco de siempre.

—La familia de mi mamá es de Cataluña, por eso el nombre. Significa… —trató de explicar.

—No importa lo que significa. A mí me encanta. —Lo corté poniendo mi dedo sobre sus labios e inmediatamente retirándolo.

—Bueno, ahora que sabes todo acerca de mí y no sé nada acerca de ti, ¿me vas a contar, por favor, tu historia y por qué crees que es tan importante? —Jordi preguntó. Lo vi intranquilo, teníamos que ir al punto y pronto, o se aburriría. Los intelectuales como él tienden a aburrirse con mucha facilidad, y hay que estar alimentando su capacidad inquisitiva una y otra vez para que no pierdan el deseo de escuchar hasta el final de la historia. Yo logré traerlo conmigo hasta ese momento, de ninguna manera iba a permitir que su mente se escabullese porque no hice lo posible por mantenerlo entretenido.

—Sí, pero no aquí —contesté dándole un aire misterioso a mis palabras y luego me levanté y empecé a ponerme mi saco sin decir ni una palabra más.

Cuando estaba por colocar mi brazo izquierdo en su respectiva manga, sentí a Jordi detrás mío ayudándome con la tarea y luego colocándome la bufanda, el sombrero y los guantes sin dejar de mirarme. Yo sentía que en tanto me vestía con las manos me desvestía con la vista y me medía con su mente. Me encontraba en sus manos en cuerpo y alma, la intensidad de ese momento quedó grabada en mí; y, sin embargo, si mi objetivo era cautivarlo, no podía darme el lujo de responder en ese instante con la excitación que hubiese deseado, ni debía permitirme explorar la emoción que él despertaba en mí. Nada de eso. En lugar de bajar mis defensas, mi plan era incrementar mi ofensiva.

—¿Dónde te estás quedando? —preguntó de pronto y yo pensé que estaba buscando una manera de llegar hasta mi habitación.

Sonreí y le dije que en un hotel cercano.

—Vamos —fue lo que respondió. Yo nunca me imaginé que aquella respuesta directa y formal no significaba lo que yo especulé. Pero cuando me dejó en la puerta del hotel y ni siquiera insinuó subir conmigo aprendí que nunca más asumiría lo que otras personas quieren, o no quieren, decir.

¿Te veré de nuevo?

Para cuando dejé a Magdalena en el hotel todavía no sabía qué quería hacer. No le contesté a su propuesta, aunque le dejé creer que iría con ella a su habitación. ¿O no fue así? Deseaba hacerlo, pero al mismo tiempo no quería malograr todo por dejarme llevar por mis impulsos animales. Me sentía empujado a estar con ella, intrigado a no más dar por lo que quería contarme, ansioso por conocer todo acerca de ella. Mi corazón no dejaba de aletear dentro de mi pecho y mi mente tenía un sinfín de preguntas. Aun así, manejé callado todo el camino de regreso. Tenía tanto que decir, pero las cuadras se sucedían unas tras otras sin que yo me atreviese a hablar. Magdalena me miraba, sus ojos negros en un infinito desbordante de desilusión, casi preguntando ¿por qué? Diez cuadras antes, cinco cuadras antes, dos cuadras antes y las palabras aparecían en mi mente copiosas, generosas, incluso en frases y oraciones geniales, pero en cuanto las quería decir todo me parecía poco para ella.

Llegamos y los dos nos miramos callados. Ella se adelantó para darme un abrazo, uno triste, de compañeros distantes, el último se habría figurado.

Yo aproveché para besarla en la mejilla y cuando nos separamos le dije antes de perderla para siempre:

—Escríbeme tu teléfono y te puedo llamar cuando llegue a mi siguiente ciudad en la gira de presentaciones de mi libro. —Y le puse mi mano abierta y un lapicero.

Ella me miró agradecida y escribió su número; luego me besó en la mejilla, tomó el ejemplar de su libro y antes de bajarse de mi *pick up* me dijo:

—No te miento. *Bestseller*. Garantizado.

—Te llamo —fue lo único que supe contestar. Tenía mucho que pensar antes de siquiera darle vueltas a las ventas de un libro que no existía. No era la primera vez que alguien inflaba su historia personal a niveles de super ventas, o la historia más interesante del mundo. Estos días parecería que todos, menos yo, piensan en esos términos de sí mismos. Es por eso que no podía dejarme llevar por lo que ella tenía entre manos. Necesitaría tiempo para evaluarlo. Lo cierto es que ese lapso era también el que precisaba para evaluar a nivel personal a Magdalena, y ver si develaba algo debajo de esa mirada inescrutable.

Se puso triste al entender que su viaje hasta Bismark había sido en vano. Hizo un gesto con sus hombros y se despidió con una media sonrisa.

La vi partir y refunfuñé para mis adentros. Debí haberle pedido que se quedase un rato conmigo en el bar del hotel. Me perdí la oportunidad como un chiquillo tonto en su primera cita. Tenía tanto que preguntarle y ella parecía dispuesta a hablar. Si para eso me buscó. ¿Qué estaba pensando? ¿Que algo malo me iba a pasar si le daba unas cuantas horas de mi vida? ¿Que no debería invitar a una extraña a enterarse de mi situación? Pero si era ella quien me necesitaba. Yo sacaría algo de ella y no ella de mí.

Manejando hacia mi hotel no podía dejar de pensar en ella. Me sentía pésimo. No tuve en consideración sus sentimientos cuando la dejé sola.

Caminé con la cabeza gacha por la recepción y me adentré en el elevador con una sensación de frustración. Sabía que estaba desierto de ideas desde hacía tiempo, que mis últimos libros estaban basados en asuntos que encontré de interés décadas atrás, que en esos años despoblados de proyectos me sentía como un pájaro sin norte, como un piloto sin plan de vuelo, como una ola sin orilla. Que debajo de la sonrisa de ganador se encontraba un escritor sin saber de qué escribir. El miedo a la hoja en blanco era una constante y yo dejé ir a Magdalena.

Entré a mi habitación y me dije que no todo estaba perdido. No tenía por qué ser tan dramático. Tenía que volver a verla. Me tendría que perdonar por aquel supuesto primer rechazo. La llamaría a la noche siguiente. Sí. Eso es lo que haría. Marcaría ese número de teléfono y le hablaría.

Al instante miré mi mano y horrorizado me di cuenta de que aquel número se desvanecía bajo mi sudor helado. Lo apunté en mi libreta y en mi celular. Si lo perdía se me iría también la posibilidad de verla de nuevo. Una vez que me sentí satisfecho de tener su información guardada en un sitio seguro, me desvestí y me metí a la ducha.

Regresé a mi cama con una botella enana de *whiskey* que saqué del frío bar. Me la tomé pensando en Magdalena y al poco rato me quedé dormido.

El largo camino roto

En verdad que me sentí fastidiada cuando Jordi me dejó en el hotel. Pensé que todo terminaba en ese instante, que él no estaba interesado en mi historia.

Cedar Rapids estaba a más de diez horas de Bismark y en mi carro destartalado ni siquiera estaba segura si me llevaría todo el camino de regreso o no. Ya lo había maltratado cuando lo obligué a llegar hasta aquí. Claro, debí haber pensado en el retorno, pero en ese momento, cuando me subí al carro y empecé a manejar, lo único que tenía en mi mente era manejar hasta donde estuviera Jordi Ferrer sin importar cómo. Ya me las ingeniaría si algo pasaba en el camino con mi carro.

Interesante que cuando salimos de la librería Jordi no me preguntó por mi carro. ¿Asumió que yo no tenía uno? ¿Y por qué no dijo nada cuando le comenté desde donde había venido para verlo? Tal vez no se quería dar por aludido y así primero llevarme en su carro hasta el restaurante y de vuelta al hotel; pero, más importante, en segundo lugar, no tener que lidiar conmigo después de nuestra conversación. Era su manera de incluirse y excluirse en mi vida según le diera la bendita gana.

Pero lo del carro lo veríamos al día siguiente y al momento de manejar. Era por gusto pensar en averías futuras antes de estar sentada al volante.

Me ajusté la caperuza sobre la cabeza y avancé hacia la puerta del hotel con solo la vista a medias de mi objetivo ya que por sobre mi frente se balanceaban los "pelos de oso" que tenía el borde de la capucha. Saludé con la mano a un empleado del hotel que se veía aburrido en la recepción, y al verme él se levantó de un salto de su banquito y me saludó de una manera rígida y fingida. Me hizo pensar en todas las cosas que hacemos a diario porque es parte de nuestro trabajo o lo que nos toca hacer, nuestro deber, pero no porque queremos o encontremos algo agradable en ello.

Me bajé la caperuza y le devolví el saludo con una sonrisa. De alguna manera quería recargar mis baterías con actos de humanidad antes de partir en la mañana. Le di un «buenas noches» y me dirigí al ascensor antes de que se sintiera invitado, o incluso obligado, a hablarme. Prefería pasar desapercibida antes de que se diera cuenta de quién era yo.

Volví a enfundar mi cabeza en la capucha durante el breve viaje en el elevador. Me preocupaba que me grabaran en cámaras. Al llegar a mi piso, agaché la cabeza y avancé hasta mi habitación sin levantar la mirada para nada hasta llegar a la puerta, pasar la llave electrónica por el ojillo lector e ingresar de inmediato.

Por fin me pude deshacer de las capas y capas de ropa cuando me encontré sola en mi cuarto.

Desnudarme era un tema que me gustaba mantener en privado. No quería que nadie sintiera pena por mí. Mirarme las piernas me hacía revivir la ira que sentía y la frustración de los meses pasados. Se me revolvía el estómago y las náuseas que subían por mis entrañas se apoderaban de todo mi cuerpo hasta que lo único que me quedaba era correr al baño y vomitar la ansiedad en el inodoro.

Pensé en Jordi. ¿Por qué me quería convencer de que no lo volvería a ver si me pidió mi número telefónico? ¿Acaso no era esa una buena señal? Sí que lo era. No tenía por qué llegar a conclusiones absurdas y pesimistas solamente debido a una pequeña contrariedad. Me llamaría y punto. Tenía que sentirme positiva si quería llegar a algo. Ya tenía trazada mi ruta y no me dejaría amedrentar por un obstáculo pequeño. Lo vería de nuevo y él escribiría mi libro y me ayudaría a encontrar a los que me hicieron daño. Eso era todo lo que tenía que ocupar mi mente.

Desperté al día siguiente con los pensamientos ocupados en mis siguientes pasos. No regresaría a Cedar Rapids a esperar a que Jordi me llamase cuando a él le provocara, como pactado, sino que lo buscaría en su siguiente presentación.

Abrí mi computador portátil y busqué en su página la lista de ciudades a las que se dirigiría. Se venían muchos kilómetros por delante, pero en mi corazón tenía la certeza de que esta era una mejor manera de hacer las cosas.

Apenas terminé de desayunar, pedí un taxi y me encaminé a buscar mi carro en el estacionamiento de la librería, donde lo dejé la noche anterior.

Una vez que limpié el auto del manto grueso de nieve y hielo que lo cubrió durante la nevada del amanecer, me trepé y puse el GPS con dirección a Casper, Wyoming. Era una ruta de casi ocho horas. Si manejaba sin parar todo el día podía llegar a tiempo para la siguiente lectura de Jordi. Me alegré al empezar a conducir y darme cuenta de que acababa de retomar el control de mi destino.

Por supuesto el júbilo se me acabó cuando en medio de la pampa en Dakota del Sur me quedé sin gasolina. En el apuro por salir de Bismark y avanzar con rapidez hacia mi objetivo decidí que no me detendría en la gasolinera hasta más adelante y luego simplemente me olvidé del tema. Nevaba y la calefacción no funcionaba sin combustible.

Me asusté al verme sola en esa llanura desolada. Me había cruzado con poquísimo tráfico en el camino y por lo que veía en el mapa me encontraba cerca de una reservación india pero lejos del siguiente pueblo.

No tardé mucho en sentir miedo y arrepentirme de mi estupidez. El blanco de la nieve y el frío de las temperaturas frígidas empezó a sobrecogerme física y psicológicamente. Por unos instantes pensé en aventurarme a pie para tratar de alcanzar la civilización, comprar gasolina y regresar con el preciado líquido a mi automóvil, pero rápidamente descarté la posibilidad de lograr mi objetivo. Luego intenté llamar al club automotriz para pedir asistencia mecánica, pero al parecer no me encontraba situada en un lugar con buena señal ya que el teléfono parecía muerto. Decidí esperar dentro del carro y rezar que alguien apareciese en medio de esa ventisca y que se detuviera a ayudarme.

Al rato tuve que apagar la radio para no consumir la poca batería que me quedaba. Me envolví en una manta gruesa que siempre llevaba conmigo cuando viajaba y en voz baja empecé a cantarme todas las canciones de infancia que aprendí de mi abuela y mi madre durante los innumerables viajes en los que las acompañaba hasta Sullana o Querecotillo o el mismo centro de Piura o tal vez a Colán o Yacila, si querían irse para la playa por unos días, a ofrecer y vender sus artesanías. Me acordé de que salíamos muy temprano, antes de que cantase el gallo negrirojo para celebrar el alba, nos montábamos al carro que ya estaba cargado de sombreros y canastas de paja de toquilla, aumentábamos los tesoros con filigranas en plata que mi abuela llevaba en una cartera gigante que colocaba en sus faldas, junto conmigo, y al final mis tíos rellenaban todos los rincones del automóvil con artesanías en madera, poniendo más y más cosas hasta que no cupiera nada más. Al salir parecíamos un equeco de lo recargados que íbamos, pero en verdad lo único que nos importaba en ese momento era la anticipación de las ventas que presumíamos lograríamos una vez instaladas en la ciudad de destino. Mi abuela a veces se quejaba de la miseria que ganábamos nosotras sabiendo que muchas de las cosas que los turistas se llevaban se revenderían en Estados Unidos o Europa a precios exagerados e inmensa rentabilidad. Aunque siempre terminaba su sentido discurso alabando al Señor por las personas que nos compraban, sin importar si obtuviesen grandes ganancias a nuestra costa.

No tardaron en hacerse presentes en la cabina de mi camioneta las agridulces fragancias de mi niñez destilando del sudor terroso impregnado en la paja trabajada al sol inclemente de mi tierra, del olor metálico de la plata lustrosa, y del encerado de la madera apuñalada y tatuada, casi siempre, en colores monocromáticos al ser convertida en baratija, pero sobre todo el aroma a jabón Bolívar que emanaba de los impecables "blancos" de mi abuela.

La hipotermia se apoderó de mi cuerpo y realizó el milagro mental de convertir esa gelidez inescrutable en el calor tonificante de aquellos viajes en carro. Tal fue el estado febril en el que caí que en algún momento empecé a sentir que la camioneta se movía, atravesando el desolado desierto norteño puntuado por unos pocos algarrobos. Si hasta podía ver la raya blanca sobre el asfalto corriendo contraria a nuestro movimiento a través de un hueco en la carrocería cerca del asiento de donde colgaban mis piernas desnudas. «No te vayas a caer, hijita», escuché gritar a mi abuela y vi a sus palabras suspendidas en el aire por un segundo hasta ser succionadas por el viento y la arena. Cerré los ojos para dejar de marearme por el asfalto apareciendo y desapareciendo por debajo del hueco y de súbito escuché a alguien tocando a mi puerta. Me sentía relajada, adormilada, mientras abría la puerta de mi casa en Catacaos cuando de pronto el aire congelado me despertó de aquel estado de entresueño.

La soledad de vivir acompañado

Me pasé las horas antes de mi presentación en Casper mirando la estúpida pantalla de mi teléfono en mi cuarto de hotel. Salí temprano de Bismark y manejé sin parar, así que llegué con buen tiempo para pedir mi cuarto de hotel y subir a descansar del ajetreo de aquel día. Pero apenas asenté mi cabeza en la pila de cinco almohadas a mi disposición y situé las cinco que quedaban a la mano a ambos lados de mi cuerpo, como colocándome en un emparedado de plumas de ganso, me puse a pensar en Magdalena y en todo lo dicho y no dicho la noche anterior. Bastaron unos segundos de su rostro en mi mente para que el agotamiento desapareciera y las ideas se vertieran por todos lados, revoloteando incansables y creando con su batir de alas un polvillo de interrogantes que me cubrió por entero. Deseaba llamarla, pero sentía que no podía, que no debía, que de alguna manera el hacerlo causaría un tajo severo en la amistad que recién surgía de un terreno que aún no había sido preparado para lograr la germinación de semilla alguna.

Traté de dormir, pero no encontraba la manera. Estaba hecho un manojo de nervios. Encendía el celular y me disponía a marcarle y luego recordaba todas las razones por las que no debía hacerlo tan pronto y lo apagaba enseguida. Tenía una premonición de que ella me necesitaba, pero al minuto me aseguraba de que aquel no era el caso, que ya vendría un mejor momento para conversar, que debía de dejarla en paz para que ella también me extrañara.

Por fin, cuando se hizo hora de prepararme para bajar, decidí dejar el asunto en veremos y concentrarme en hacer un buen trabajo frente a la audiencia que vendría a verme esa noche. Después de todo, si no conseguía engancharlos, la venta de libros estaría paupérrima y eso no me convenía para nada.

Saqué de mi mochila el ejemplar que usaba para mis charlas y di un vistazo sumario a las partes que leería. Un poco que me las sabía al dedillo, pero recordé que nunca faltaba alguna pregunta del público que me descuadraba.

Vi la hora y me di cuenta de que ya venía el momento de despabilarme y arreglarme para bajar al salón en donde tendríamos la presentación. Busqué la cafetera que nunca falta en estos cuartos de hotel por más económicos que fuesen, la encontré en el baño. Me preparé un café negro y entre sorbos me desvestí para ducharme. El frío intenso de la desnudez momentánea fue doblegado por el agua caliente y pronto me sentí listo para vestirme, lavarme los dientes y afeitarme. Me puse unos *jeans* limpios, una camisa de cuello y un saco, y me coloqué una chalina de un color neutro que iba con todo. Recogí los libros y los bolígrafos para firmar las dedicaciones y colocando todo en un bolso de cuero me apresuré a dejar la habitación.

Como siempre, llegué al salón unos minutos antes que el público. Nevaba con fuerza afuera y no estaba seguro si tendría casa llena esa vez. De todos modos, unas cincuenta sillas esperaban tranquilas la llegada de los asistentes. Coloqué los libros a la venta sobre la mesa designada para ellos y mi ejemplar a la mano. Me habían puesto un micrófono también, aunque dudaba que lo necesitase. Recordé la noche anterior y la primera vez que vi a Magdalena saliendo de entre el tumulto y sonreí pensando en su manera de ser tan singular. Me sentía halagado por su tenacidad y presentía que algo de lo que me dijo era verdad.

Estaba sumergido en mis elucubraciones cuando el salón se empezó a llenar. Una pareja mayor en la parte de atrás, estudiantes universitarios adelante, un hombre solo en el medio, unos cuantos sujetos con pinta de motociclistas cerca a lo que vendría a ser el estrado. Poco a poco una concurrencia variopinta empezó a llenar los lugares vacíos hasta que no quedó un solo puesto disponible. Era la hora de empezar.

Todo transcurrió como siempre, las lecturas de pasajes del libro, comentarios de mi parte acerca de la creación de la trama y los personajes, preguntas del público. Una presentación sin baches hasta que vi a Sandra y el mundo se me vino abajo. Entró por la puerta de atrás y se apoyó contra la pared del costado mirándome con esa mirada que me hacía sentir temblar por dentro. Empecé a sudar frío y a trastabillar con mis palabras. El pánico tomó las riendas y todo me daba vueltas. Miré de nuevo hacia donde estaba, pero había desaparecido, lo único que dejó en el aire fue el perfume que en el pasado me pareció seductor pero que hoy sentía que me producía arcadas.

Los nativos "peace and love"

Cuando por fin abrí los ojos me encontraba en el suelo de una furgoneta que pensé sería de aquellas que se usan para despachar pedidos de comida de restaurantes locales. Todavía tiritaba y la somnolencia que sentía apenas me permitía abrir los parpados por unos momentos. Me imaginé que estaba en una Volkswagen antigua, de esas que se conocían como las de *hippies*, simplemente por el sonido del motor cansado y el diseño de la cabina interior. No estaba sentada en ningún asiento, la verdad que no se veían butacas en la parte de atrás de la kombi, sino más bien me encontraba enrollada en una variedad de mantas sobre una alfombra multicolor. Me sentía a gusto allí, y a pesar de que todavía percibía a mi cuerpo congelado por dentro, el calor de aquel refugio sobre ruedas venía de la pareja que me estaba atendiendo. No eran viejos, pero sí rondaban sus cincuenta o sesenta y pico de años. Ella masajeaba con fuerza mis extremidades para devolver la circulación de la sangre a sus ciclos normales mientras que él apilaba todos los cobertores que poseían encima de mí y a mis costados, de modo que me pudiese mantener caliente a pesar de las temperaturas frígidas en el exterior. Alguien debía haber estado al volante pues la furgoneta se desplazaba y el calorcito de ese movimiento llegaba hasta mi espalda a través del suelo.

Recuerdo que yo quería decir algo, tal vez agradecerles o hacer preguntas, pero de mi garganta azulada únicamente salían gorjeos que, aunque yo pensaba asemejaban a palabras y hasta frases completas, para ellos eran murmullos ininteligibles. Intentando enfocarme en qué decir mi vista se pasmó primero en la mujer que me atendía. Podía escucharla decir algo, pero el significado no se concebía en mis oídos. Tal vez cantaba. Era algo rítmico, casi hipnotizante, algo que invadía mi ser con paz y me distanciaba del presente lleno de incertidumbre, angustia y frío. Sus cabellos negros y largos, hasta la cintura, me acariciaban el rostro de cuando en cuando, tenía intercaladas algunas hebras de plata que refulgían con la luz que entraba por las ventanillas. Yo me sentía en las manos de un ángel, rodeada de amor, envuelta en la calidez de la promesa de salvación que me traían esos extraños.

Pasé luego a mirar al hombre. Se me hizo entonces que él era menor que ella. Tal vez no eran pareja si no madre e hijo. Al observarlo detenidamente me di cuenta de que él definitivamente era décadas más joven, su rostro no mostraba todavía las erosiones del tiempo, las rugosidades de la sabiduría no se expresaban aun en sus ojos. Sus músculos hinchados de juventud se perfilaban por debajo de las capas de ropa que llevaba puesta para contrarrestar el clima que a ratos silbaba por entre las rendijas del automóvil como para que no olvidáramos a qué nos enfrentábamos en esa tundra. Él seguía las instrucciones de ella, atento y solícito, y me miraba por el rabillo del ojo, casi con apocamiento, cuando pensaba que yo no lo veía.

Dentro de la furgoneta sobresalían los temas nativo-americanos, las hierbas en contenedores de todo tipo, los colores alguna vez alegres entristecidos por el tiempo, la sensación de armonía y de propósito en cada cosa, el olor a tierra húmeda y plantas sanadoras. El ambiente acogedor asemejaba el de una habitación en una cabaña en las montañas: pequeño, grato, práctico, envuelto en un aroma difícil de discernir, pero placentero hasta el tuétano.

Ella terminó de cantar y él acarició mis cabellos mojados luego de hacer una especie de señal con sus dedos en mi frente. Recién entonces pude ver que mi cabeza estaba en su regazo. Traté nuevamente de hablar y esta vez sí pude decir algo:

—¿Dónde estoy? ¿A dónde me llevan?

La mujer sonrió y el muchacho celebró también con un gesto de alivio.

—Te llevamos a casa. Estás en nuestra camioneta. Has estado sobrecogida por el frío, desmayada por un buen rato, pero ya veo que te estás sintiendo mejor.

—Falta poco para llegar —añadió el chico y me acomodó las mantas que se habían movido un poco al llegar a algunas curvas en el camino—. Unos kilómetros más y ya estamos en la reservación.

—¿Dónde? —pregunté incrédula. No recordaba pasar por reservación alguna en el camino a Casper.

—Pine Ridge, en Dakota del Sur —contestó alguien desde la cabina de la camioneta. El chofer era entonces hombre; y por su voz, parecía amigable.

—Pero... yo estaba en la carretera... —protesté—. Y no recuerdo esto en el mapa.

—Es que nos hemos alejado de la carretera —contestó el conductor—. Tienes suerte que hubiésemos pasado por donde estabas y que te rescatáramos. No es nuestro día normal para ir a Hot Springs, pero Aiyana insistió en que fuéramos hoy, y ya vez qué suerte la tuya que cuando Aiyana pide algo todos sabemos que por algo será. Por cierto, yo soy Wapi y él es Langundo —continuó al tiempo que estacionaba el vehículo y hacía su aparición en donde estábamos nosotros—. No te preocupes por nada. Este será tu hogar y nosotros tu familia hasta que te recuperes del todo —finalizó y abriendo la puerta hizo un gesto a los que venían a saludarlos.

Sandra no está

Me sentí hirviendo por dentro y el perlado del sudor no tardó en aflorar grueso y salado sobre mi rostro. Saqué un pañuelo de mi bolsillo y me sequé la transpiración, aunque reconocía que de momento lo único que me quedaba era dejar que el horno en mi cuerpo subiera al máximo y me dejará totalmente húmedo para luego bajar mi temperatura al mínimo y congelarme. Era mi manera de registrar en físico el pánico mental que la aparición de Sandra había conjurado.

Puse entonces todas las fuerzas que me quedaban en crear las mejores dedicatorias. Escribir siempre me calmaba, incluso cuando se trataba de algo que podía realizar por inercia, como lo era conversar con lectores y autografiar sus libros.

Por unos minutos todo se relajó dentro de mí y me concentré en el presente. Aquel público vino a llevarse un pedazo de mí, de mi alma, y se lo tenía que conceder. Pero apenas el salón se fue acallando hasta quedarse en un silencio espectral me aprecié de nuevo solo y sin nadie que me ayudase a confrontar el ayer.

Recogí todas mis cosas y sin pensármelo me fui de allí. No quería saber si la mujer que vi era en verdad Sandra, lo cual no podía ser, o si era una rebeldía de mi ego tratando de imponer pantallazos de juicio ahora que por fin principiaba a querer darme permiso para salir adelante.

Muy a pesar de que Sandra dejó mi pasado absolutamente marcado por la locura de su seducción y las consecuencias de su traición, yo deseaba verme en un presente que no llevase ni una señal, ni un recuerdo, por más pequeño que fuese, ni siquiera un condicional dejado por ella en las celosías de mi alma.

Recapacité acerca de lo que había visto en el salón y en lo que subí a mi cuarto y me cambié ya me tenía convencido que la Sandra que vi ese día no era la que me persiguió y acosó inclemente durante años. Simplemente no podía ser. Yo me encargué hacía tiempo de encerrarla lejos de aquí junto con todas sus excentricidades, sus mentiras, sus delirios y aquel hostigamiento cruel e insistente. No era. No podía ser. No era.

Con todo, la mano me temblaba al tratar de sacar la llave de mi saco y pasarla por el lector electrónico. Entré a mi habitación, saqué varias botellitas de licor del frío bar y me dispuse a tomármelas sin parar. El día siguiente era libre y por tanto tenía libertad para emborracharme hasta dejar de oír mis pensamientos y dormir hasta la hora que se me diera en gana.

Procedí con mi plan maestro, pero mientras más tomaba más pensaba en Magdalena.

Al llegar al punto de frontera entre la ebriedad y la inconsciencia total, y al darme cuenta de que el trago se me había acabado, saqué mi celular y decidí que era momento de llamarla. Me tardé en buscar su número, ya casi no podía ver de lo bebido que estaba y a ratos no recordaba su nombre. En un momento de lucidez se me ocurrió cantar "río Magdalena, déjame pasar, que mi madre enferma, me mandó llamar" y así fue como pude retener su nombre lo suficiente como para ubicarlo en el directorio. Días más tarde caí en la cuenta de que la canción iba con río Manzanares, pero ya era tarde, para mí siempre sería río Magdalena.

El teléfono timbró por un buen rato y nadie contestaba. Colgué y traté de nuevo y fue allí que me desplomé rendido en la cama, celular en mano, y me quedé dormido antes de escuchar una voz de hombre al otro lado.

La normalidad de ser uno mismo

Cuando Wapi abrió la puerta de la furgoneta el viento entró con toda su fuerza y me terminó de despertar. Un grupo de muchachos se formaron afuera para recibirme. Langundo y Aiyana me ayudaron a levantarme para avanzar hasta el grupo que me esperaba con lo que parecía una camilla de mano. Todo mi cuerpo se sentía entumecido pero la glacialidad del ambiente me incentivaba a tratar de avanzar lo más rápido posible. Descendí por fin y entre todos me acomodaron con las mantas y me llevaron hacia su casa.

Tal y como me sucedió dentro de la furgoneta, sentí una ola de bienestar ni bien atravesamos el umbral de aquella cabaña. El lugar no era elegante ni acondicionado con aparatos electrónicos para aquel tipo de ventoleras de invierno; se trataba de una casa de un solo piso, larga y rectangular, edificada en su totalidad con madera que todavía sudaba ese olor natural a bosque agreste y húmedo. De los soportales del techo pendían adornos de todo tipo, muy coloridos la mayoría, hechos con materiales rústicos que se encontraban en los bosques. En la sala principal, una gran chimenea hecha en piedras disímiles expelía su intenso calor hacia la integridad del lugar y añadía a la fragancia de la casa. Desde la cocina me saludaron una señora y su hija adolescente, el aroma de algún tipo de guiso las precedía. Los hombres me llevaron a una de las seis habitaciones que se distribuían desde un pasillo bastante largo a la derecha de la entrada. Al ingresar, encendieron una lámpara y de inmediato me colocaron en una cama pequeña y sobre mí pusieron todas las mantas que encontraron a la mano. Recuerdo haber hecho un gesto de agradecimiento y luego a Aiyana susurrando algo muy rítmico a mi oído. Pronto me quedé dormida.

Debieron haber pasado horas porque cuando desperté era de noche. Sin pensarlo me levanté de un salto de la cama en la que había estado prostrada y de inmediato un dolor como el de una aguja gruesa me traspasó el cráneo y se alojó en mi nuca. Me senté por un momento para dejar pasar el agudo malestar y luego intenté pararme de nuevo, pero esta vez lo hice con calma. Asomé la cabeza desde la puerta de mi habitación y vi penumbras interrumpidas por los destellos de las llamas alzándose en sombras que inundaban las paredes. Caminé hacia la sala y pronto mi corazón dio un salto cuando me encontré cerca de la cocina con un hombre desconocido. Ya iba a empezar a recoger mis pasos cuando el hombre encendió una lámpara y vi el rostro festivo de Wapi.

—¿Qué haces aquí a estas horas? —susurró desde una esquina.

—¿Qué haces tú aquí? —contesté salerosa.

—Yo estoy de guardia, ¿y tú?

—Yo… —dije sin saber qué responder, cuando en ese momento mi estómago dio un gruñido tan feroz que nos hizo reír a los dos—. Creo que tengo hambre —contesté.

—Bien dicho —dijo Wapi y levantándose se dirigió al fogón para calentarme el plato que me dejaron servido cuando comieron todos horas antes—. Acércate y siéntate —continuó mientras colocaba la cena en una mesita.

Me senté y empecé no a comer sino a devorar todo lo que Wapi me sirvió, incluido el vaso con leche que me pareció interminable y absolutamente delicioso. Él me miraba con satisfacción.

Cuando me embuché el último bocado del guiso y di por terminada la más gloriosa comida de mi vida entera, me di cuenta del gesto en la cara de Wapi y arranqué a reír sin parar. Y es que de pronto caí en la cuenta de lo loca que le debí haber parecido al ingerir el contenido del plato sin darme tiempo para masticar.

—¿Estuvo rico? —dijo por fin Wapi.

Yo me limpié las lágrimas de la risa y tratando de adquirir algún tipo de compostura le contesté:

—Es que no te imaginas el hambre que traía. Disculpa que parezco chiflada, pero es que me he visto por un segundo como tú me has de haber visto y me ha dado ataque de risa. Por lo general soy bastante "normal".

—Se entiende por completo. No te juzgo. Te diré que me ha parecido divertido, diferente, apreciar tu comportamiento. Solo alguien que se encuentra cómoda consigo misma y con la gente que la rodea puede presentar su verdadero ser… y eso que acabamos de vivir es quien tú eres de verdad… lo que haces todos los días más bien es el acto teatral que presentas al mundo de manera que te puedan aceptar como una persona "normal", pero… ¿te cuento un secreto? —dijo y pausó para que le contestara.

Yo asentí.

—Nadie es "normal". En el medio de la noche es cuando conocemos a nuestro ser interior —dijo y se levantó para buscar algo en una repisa. Cuando lo encontró se dio media vuelta y puso un móvil sobre la mesa—. Remolcamos tu carro y en él encontramos tu celular. Alguien estuvo tratando de contactarte —dijo señalando el teléfono y luego de desearme buenas noches y de apagar la lámpara me dejó a oscuras en la cocina.

Día libre

Amanecí al mediodía, con el celular en la mano, las articulaciones hinchadas de tanto trago y un tufo que ni yo mismo me aguantaba. Me pasé la mano por la cara y me sorprendí al sentir un pegoste grueso sobre gran parte de ella, eran babas que se habían secado sobre mi piel durante la noche. Traté de limpiarme con el pañuelo, pero podía oler la hediondez depositada en mí, en la ropa que no me quité para irme a dormir y en las sábanas y cobertores desparramados por todos lados. Era como si hubiese babeado encima de todo.

Trastabillé tratando de salir de la cama y al ponerme de pie sentí los vahídos de la borrachera que todavía me acompañaba. Mareado caminé hacia el baño. De inmediato me empecé a desnudar y me metí a la ducha, no sin antes dejar preparándose el café en la cafetera al lado del lavabo. Mientras disfrutaba de la lluvia ancha y masajeadora de la regadera empecé a cavilar acerca de cómo usaría las horas que tenía para mí solo. Lo que me gusta de los días que no tienen nada apuntado en la bendita agenda es que para mí se convierten en instantes de regalo dedicados a escribir o investigar, es decir que son mis días favoritos en donde todo el plan es hacer lo que me gusta más en este mundo.

Ya bastante recuperado me puse una bata gruesa y me acerqué a la ventana mientras degustaba el café de pacotilla en taza de papel. Abrí las cortinas y luego de mirar por un largo rato la nieve cayendo blanca e impoluta del cielo me dije a mí mismo que era el momento perfecto para sentarme a averiguar los detalles de la vida de Magdalena.

Llamé a la recepción para que me trajesen el desayuno y de inmediato saqué mi computador portátil y lo encendí. Como siempre, me puse a leer las noticias y luego a responder mis correos electrónicos. Quería llenarme de excitación hacia el momento en que terminaría aquellos rituales y por fin daría inicio a la investigación. Una media hora después, decidí que no podía más y corté con mis propios protocolos para saltar a Magdalena.

Tecleé su nombre en el buscador, era una manera simple de iniciar cualquier pesquisa como esta. De allí saltaría a abrir enlaces y empezaría a acumular pormenores. Pero su nombre no me devolvió nada acerca de ella. Me enteré de que en Santander existe el Palacio de la Magdalena y que sí hay un río Magdalena en Colombia después de todo. Nada de interés para mí. Traté de nuevo en redes sociales. La tecnología nos ofrece mucho en términos de podernos espiar mutuamente, y generalmente llegar a conjeturas equivocadas; pero en este caso, ni un hilo por donde empezar a desmadejar su historia. No iba a dejar que las malas noticias me detuvieran. Tal vez tendría que concurrir a tecnología de peso pesado, de esas que por un monto te permiten descorrer el telón y escrudiñar las capas negativas de una persona, si tiene antecedentes penales, si alguna vez ha tenido problemas financieros o se ha encontrado en bancarrota, si está buscada por la justicia, todos aquellos detalles que por lo general nos guardamos y hasta ocultamos para siempre de ser posible.

Imaginé que si había algo que descubrir aquella maquinita me lo encontraría. Tecleé de nuevo el nombre y me fui a servir otro café mientras esperaba los resultados. Cuando regresé a mi asiento me di con la contrariedad, y también la buena noticia, de que Magdalena Santander no tenía ni siquiera una infracción por estacionarse mal. La mujer era un misterio completo. Tendría que hacerme de los servicios de mi investigador privado.

Bajé a buscar cigarrillos, salir a respirar el aire helado y estirar las piernas un poco. El invierno tan al norte era una temporada de frío brutal acompañado por la desesperación causada por la claustrofobia. Nadie puede vivir tanto tiempo encerrado en una habitación. Así estuviese inclemente y bajo cero afuera, yo necesitaba salir.

Al pasar por recepción y acercarme a la puerta que daba a la calle di cuenta mental de las varias capas de ropa que llevaba puesta (camiseta, camisa de franela manga larga, suéter, sudadera, parka acolchada con capucha, sombrero con orejeras, guantes de cuero, bufanda, botas de montaña, calzoncillos largos debajo del *jean*, y dos pares de calcetines de lana) y supuse que tenía suficiente armadura como para soportar los diez minutos de caminata hasta la tienda.

Abrí la puerta y el viento congelado me hizo el efecto de una jarra de café. De inmediato sentí que la pereza se borraba, mi cuerpo se llenaba de energía y mis ojos se despertaban de la modorra inducida por la calefacción y el ambiente rancio de mi habitación. Con brío avancé unos pasos y cuando me encontré fuera de la protección del toldo delantero del hotel sentí las punzadas de la nieve delgadita que venía de los costados con una fuerza que limitaba mi movimiento y amenazaba con convertir aquellos diez minutos de caminata en veinte o treinta.

Traté de enfocar la vista, ahora nublada por los miles de hielitos que corrían frente a mí, y luego de colocar mi mano frente a mi rostro para protegerlo, logré avanzar hasta la esquina. Sentí mi respiración agitada, las lágrimas empapando mis mejillas enrojecidas y el moco helado bajando hacia mis labios, y consideré darme por vencido. Volteé para ver dónde estaba con relación al hotel, pero ya no lograba divisar el toldo verde, mi punto de referencia. Tal vez había avanzado más de lo que pensé y ya faltaba poco para llegar hasta donde la recepcionista me indicó estaría la tienda, fue lo que me dije para encarar la despiadada ventisca y continuar mi camino.

Paso a paso recorrí las calles vacías, mis botas hundiéndose cada vez más en la nieve acumulada sobre las veredas imposibles de limpiar a una velocidad que permitiese mantenerlas siempre despejadas. El ejercicio se hacía cada vez más difícil y el peso de mi ropa, ahora mojada, no contribuía a aligerar el ritmo de la caminata. Sin importar mi respiración entrecortada ni mi corazón palpitando con esfuerzo, convertí llegar a mi destino en un objetivo que tenía que alcanzar.

Cuando alcancé las puertas de la tienda, veinticinco minutos más tarde, me sentía como un maratonista cruzando la meta. Con rapidez compré lo que necesitaba y salí a la calle para encender ese primer cigarrillo antes de lanzarme a emprender la dura jornada de regreso. Se cruzó por mi mente la idea de pedir un taxi, pero para ese entonces mi cuerpo marchaba vigoroso, casi impaciente, haciendo uso de la trocha zanjada por mis propios pasos minutos antes. Acababa de recordar que quería llamar al investigador.

De regreso al camino

Extrañaba el calorcito de mi Catacaos, la alegría de los churres jugando en las calles, entreteniéndose con lo que fuera, las comidas en familia, la seguridad que sentía en un lugar en donde todos éramos conocidos, los vientos fuertes del arenal por las tardes, cubriendo todo con esa tierra finita que en las mañanas salíamos a barrer y regar para que estuviese quieta siquiera por unas horas. Sentía que en ese frío mi alma se convertía en un invierno largo y yermo. Era tanto lo que dejé atrás para venir en una búsqueda que no tenía idea si me daría frutos. Pero allí estaba, nuevamente en mi carro y en la carretera desolada. Me sentía frustrada por los días que perdí, pero inmensamente agradecida por aquellas personas que me salvaron. Sonreí. Dentro de todo, su hospitalidad encendió por un momento el sol en mi corazón. No sabía si cuando llegase a Casper encontraría a Jordi todavía, pero entendía que aquellos días conviviendo en la reservación de alguna manera prepararon mi espíritu para lo que viniese a continuación.

Decidí que en la próxima parada trataría de encontrar Internet para revisar su calendario. Tal vez hasta me atrevería a timbrarle; después de todo, imaginaba que la llamada que contestó Wapi la noche que me recogieron tenía que ser de Jordi.

No tenía planeado ir más allá de Casper, así que no estaba preparada para perseguir a Jordi de ciudad en ciudad. Haciendo cuentas mentales me di cuenta de que, si no lo encontraba allí, tendría que dormir en el carro para que el poco dinero que me quedaba alcanzara para la gasolina necesaria para unos cientos de millas adicionales. Tal vez podía buscar un estacionamiento o algún otro lugar similar, que no estuviese a la intemperie, para acampar dentro de mi carro si me veía en la necesidad.

La noche me agarró en Gillette (así, como las cuchillas para rasurarse). Faltaban menos de dos horas para llegar a Casper, pero a mí se me cerraban los ojos. No podía más. Tenía que descansar. Era la única manera de despejar mi mente y figurar cómo haría para darle el alcance en Denver, en donde haría su siguiente presentación.

Bastante rápido encontré un centro comercial y busqué algún estacionamiento cubierto. Luego de un par de vueltas por el área di con lo que quería. Me dirigí hacia allá y me estacioné cerca de una pared, no deseaba que mi carro estuviese tan a la vista o que se pudiese ver a una persona durmiendo allí.

Luego de bajar el respaldar del asiento a una posición casi echada, recogí la manta y me envolví hasta dejar a la vista únicamente mi rostro. Pronto se me ocurrió tratar de llamar a Jordi pero recordé que no tenía batería ni lugar donde recargarla. No me importó mucho, a pesar de todos los impedimentos que se me presentasen pronto volvería a estar con él y entonces lo convencería de ayudarme. Y con estos pensamientos me quedé profundamente dormida.

Desperté al amanecer un poco confundida acerca del lugar donde me encontraba. Mi sueño había sido tan profundo y tan reparador que por un instante pensé que estaba en mi cama, en mi casa, en Catacaos. Al toque definí que aquel no era el caso y que me moría por ir al baño. Bostecé, me desperecé y con la manta todavía colgando de mis hombros me pasé al asiento del conductor, no sin antes golpearme en la rodilla al tratar de destrenzar mis piernas al mismo tiempo que intentaba evitar la palanca de cambios.

Después de un efusivo "¡carajo!" y una sobada de la rodilla en cuestión encendí el motor y me dispuse a localizar un restaurante que estuviese abierto a esas horas tempraneras, que ofreciese un café decente y que tuviese baño. Felizmente no tuve que manejar mucho, ya que a la entrada del centro comercial encontré una variedad de locales que tenían sus luces encendidas y largas colas de carros con pasajeros hambrientos listos para hacer sus pedidos. Cuadré en el que vi más vacío y me bajé del carro.

Se trataba de un clásico *diner*. Adentro me recibió el tradicional aroma del café recién pasado, los panqueques con miel de *maple* y los huevos fritos. El desayuno estilo gringo era una de mis cosas favoritas de aquel país. El olor era único, engolosinante; y los sabores me fascinaban. Me apuré para usar el *restroom* y así darme amplio tiempo para sentarme a disfrutar mi comida y recargar la batería de mi teléfono.

Feliz, terminé de ver el amanecer desde la ventana del acogedor restaurante mientras disfrutaba de lo que me pareció el mejor desayuno de mi vida. El día iniciaba con buenos augurios.

Mi móvil recién acababa de cargar cuando sonó la melodía que anunciaba la entrada de una llamada. El corazón me saltó y me apresuré a contestar.

—¿Magdalena? —escuché a un hombre al otro lado y de inmediato se iluminó mi espíritu.

—¿Jordi? —contesté casi delirante de la felicidad. La conexión que creía perdida se reiniciaba.

—¿Dónde estás? Te marqué el otro día… ¿Llegaste bien a tu casa?

—Es que no me regresé a Cedar Rapids…

—Entonces, ¿dónde estás? ¿Estás bien?

—Ahora sí. Ay, Jordi, es que han sido unos días muy raros. Estoy en un pueblo que se llama Gillette.

—¿Gillette? ¿Y por qué estás allí? Eso queda en el medio de la nada… Es casi como si estuvieses yendo de Bismark a Cas… —dijo, y al entender lo que yo estaba haciendo pausó—. A Casper… ¿Estas yendo a Casper?

—¿Te enfadarías conmigo? —pregunté como si no supiera que siempre existió la posibilidad de que se asuste al verme tan motivada.

Hubo una pausa al otro lado que me pareció interminable. Luego volví a escuchar su voz:

—Es que voy saliendo para Denver…

—Entonces te doy el alcance allá, ¿te parece? —contesté y colgué antes de que me dijera que no.

Localicé en el Internet la dirección de la biblioteca en donde Jordi haría su siguiente presentación y la puse en mi GPS. Eran unas seis horas hasta allá. Si me daba prisa, podría estar sentada frente a Jordi esa misma noche.

¿Quién es Magdalena Santander?

Me disponía a empezar a escribir mientras esperaba a que llegase la hora de la presentación en la biblioteca central de Denver, pero sentía que la página en blanco aquella mañana estaba más dura que nunca. La miré, anoté unas palabras y las borré de inmediato. Me levanté para hacerme un café. Me dediqué a observar por la ventana a la gente en la calle viviendo sus vidas, lamentando su monotonía de rutinas congeladas en el tiempo. Traté de ejercitar mi mente, inventarme sus historias, rescatarlos de las repetitivas tareas mundanas. La mujer que paseaba con un cochecito a su bebé. ¿Qué hacía en la calle en ese frío? ¿No tenía a dónde ir? ¿Su marido la dejó por un… hombre? No. Muy cliché. ¿Y qué tal el hombre que cruzaba una intersección importante sin siquiera mirar si venían carros? ¿Era acaso un doctor convertido en espía? Un poco mejor, pero no me llenaba. Divisé a lo lejos un hombre bajándose de un camión de distribución de paquetes. Me lo imaginé envuelto en una historia de suspenso debido a un bulto en particular que se escondía entre los cientos que repartiría ese día.

Sí. Sucedería una explosión que demolería varios edificios y mataría a docenas, lo culparían a él, y a raíz de esa acción su esposa tendría que limpiar su nombre, y en el proceso de hacerlo encontraría a los verdaderos terroristas.

Satisfecho regresé al escritorio y a mi página en blanco. Nada. No salía nada. En mi mente solo flotaban las palabras de Magdalena, si ese era su nombre, y la idea de que la vería más tarde.

Con el temor producido por la falta de conocimiento me sentí desprotegido. Esta vez sí saqué el teléfono y marqué el número de mi investigador. Sería mejor gastar mi tiempo en esa pesquisa que malgastarlo tratando de ahorcar a la página en blanco para que me produzca unos cuantos párrafos.

El teléfono timbró un par de veces y por fin escuché al otro lado la voz amigable de Franklin Nesmann.

—¡Jordi! ¡Cuánto tiempo! ¿En qué lío te has metido ahora? Porque tú solo te acuerdas de mí cuando no sabes cómo resolver las cosas —dijo azuzándome con ese toque de pillería que Franklin le daba a todo. El hombre era el mejor investigador que yo conocía y también un buen amigo.

—¡Franklin! Te necesito, *bro*. Se trata de una mujer…

Franklin me paró en seco:

—¡Ay, Jordi! ¿Es que tú no aprendes?

Me reí de su aserción y su falta de tacto. Después de todo, eso era en verdad lo que me gustaba de Franklin: sin pelos en la lengua

—No es lo que crees —contesté—. Tú siempre tan mal pensado… aunque, no creas, podría convertirse en otra Sandra…

—Entonces, sí es lo que yo creo. Para intelectual y escritor eres una bestia, Ferrer. Espero que, de alguna manera, por gracia divina, todavía no estés de mierda hasta los ojos.

—Por eso te llamo, para que me cuides de caer en las mismas. Recién la conozco y dice que tiene una historia para un libro, pero la he buscado en Internet y no ha dejado ni una huella por allí, está virginal…

—Y eso te preocupa, claro. Qué chica no tiene cuatrocientos *selfies* allá afuera hoy en día. Si no está es porque tiene mejores cosas que hacer que andar de exhibicionista en las redes o porque tiene algo que ocultar.

—Pues, no lo sé. Es bastante críptica en su manera de hablar.

—Es que, *bro*, tú y tus palabritas… háblame en cristiano

—Que es enigmática. Que dice que tiene un *bestseller*…

—¿Y qué más?

—Y nada más…

—¿Que no suelta prenda?

—Que no suelta nada… me preocupa que sea una Sandra.

—Tú eso me lo dejas a mí. ¿Dónde la conociste?

—En una presentación hace un par de días. La llevé a comer, conversamos las cosas típicas de la primera cita, de dónde eres y a dónde vas, ese tipo de conversación. Luego se desapareció del mapa, pero hoy conversamos y viene a verme a Denver esta tarde. Estoy nervioso, no sé qué hacer, sin información a la mano me siento perdido.

—Dame su nombre y yo veo si te averiguó algo antes de tu presentación. ¿Vale?

—Vale. Su nombre es Magdalena Santander, se supone que vive en Cedar Rapids, Iowa, y viene de Perú, de una ciudad que se llama Catacaos.

—¿Cata cómo?

—C A T A C A O S.

—Bueno, tú descansa que yo me pongo a trabajar. Si esta Magdalena existe tal cual, yo te encuentro su historial.

—Hombre, que no es criminal…

—Vamos a ver, ingenuote. Te llamo más tarde.

Tan pronto colgué me quedé un poco más tranquilo, casi seguro de que Franklin llamaría pronto con una tonelada de notas e información acerca de Magdalena, y que lo que me diría no sería en lo más mínimo de preocupación.

Pasaron unas horas en las que pude perderme en mis ideas y por fin ver algunas páginas escritas. Sonreí pensando que el bloque mental estaba sobrepasado. El timbrar de mi móvil me sacó de mi zona feliz.

—¿Qué me cuentas, *bro*? —contesté con rapidez, el corazón me latía fuerte de la ansiedad.

—Magdalena Santander no existe, Jordi.

—¿Que no existe? ¿Y entonces con quién estoy hablando?

—Qué sé yo, debe estar usando un alias…

—¿Y ahora?

—Necesito algo más que un nombre: su licencia de conducir, huellas dactilares…

—¿Huellas dactilares? —grité fastidiado. Parecía que mi instinto con las mujeres realmente se había vuelto defectuoso desde Sandra.

—¿Una foto siquiera? —contestó Franklin tratando de apaciguarme—. Con una foto es posible encontrar algo en las bases de datos del Gobierno. Si ingresó al país de manera legal, tiene que haber constancia de ello.

—Bueno, una foto, no debe ser tan difícil —prometí y colgué.

Cuando sale el sol

Apenas me puse al volante sentí que la vida se me abría a un universo de oportunidades de nuevo. Allí estaba, descansada, alimentada, con el tanque de gasolina lleno, mi música favorita colmándome de mensajes positivos, el GPS listo para llevarme hasta Denver. Hasta el cielo se mostraba primaveral ese día: un azul bellísimo, las nubes gordas y del blanco de las sábanas recién lavadas; el único recuerdo de la nieve que había caído furiosa en los días anteriores eran los montones en las esquinas ya sucios de barro y derritiéndose en ese poquito de subida de temperatura que agradecidos llamábamos "caliente".

Arranqué y de inmediato me puse a cantar. Había traído conmigo suficiente música como para que me durase todo el viaje; y como me fascinaba saltar de un tema a otro, las canciones me servían para enfocarme, mantenerme despierta y jamás molestarme por la manera en que otros manejaban. Yo iba feliz en mi mundo, nada se interpondría esta vez.

Dos horas pasaron. Me detuve en una estación para echar gasolina y estirar las piernas. El tanque todavía tenía suficiente combustible, pero yo lo quería conservar lo más repleto posible en todo momento. Lo que sucedió camino a Casper era todavía en mi mente una pesadilla aterradora que me llenaba de miedo por lo que hubiese podido pasar y me hacía renegar por ser tan descuidada con una tarea simple.

Al pasar las fronteras, primero de Dakota del Sur a Nebraska y luego de Nebraska a Colorado, me sentía la gran exploradora, salvando obstáculos que sólo días antes suponía insuperables, remontando trabas físicas y emocionales que nunca pensé vencer. La vista era gloriosa, con esos montes y esos bosques de árboles de un verde perenne que parecían estirarse más allá de lo posible, dándome aliento en cada kilómetro que iba dejando atrás. Nunca en mi vida había visto nada tan imponente y al mismo tiempo tan bonito de lo simple que era por tratarse de plena naturaleza. Mi corazón se hinchaba de orgullo y mi espíritu de esperanza por todo lo andado en ese viaje que en un principio parecía descabellado.

Pronto empecé a ver las señales de que me acercaba a la ciudad de Denver. Cien millas, luego cincuenta, treinta, diez. Imaginaba qué estaría haciendo Jordi a cada instante. Claro, era un poco difícil porque en ese momento no tenía la más mínima idea de lo que era la vida de un escritor. Presuponía su rutina diaria basada en lo poco que podría haber visto en la televisión, o el cine, o incluso leído en algún libro. A mí no me sobraba el tiempo como para dedicarme a leer, tenía que ganarme la vida, ante todo, pero a veces, en los días de calor intenso en que la modorra se apropiaba de Catacaos y la clientela se reducía a nada, sí que me entusiasmaba leer algún libro bajo la sombra del árbol de tamarindo en la plaza. Me acuerdo de un libro que me regalaron, se llamaba *Mujercitas*. A pesar de no tener hermanas, la vida de estas chicas me transportaba. Me reconocía de manera espiritual en el personaje de Meg, tímida pero siempre dispuesta a ayudar; pero admiraba a Jo, la escritora de la familia, quien siempre lograba lo que anhelaba. Aparte de Jo, otros escritores siempre iban descritos como seres bohemios, alcohólicos y drogadictos, que terminaban deprimidos y hasta con intenciones suicidas. Esperaba que Jordi no concordase con aquel estereotipo porque eso no me ayudaría para nada.

Pronto estuve frente al edificio de la biblioteca central de Denver. Se veía antiguo y moderno al mismo tiempo. Con algunas esculturas grandes y un poco extrañas en los jardines, como la de una silla roja inmensa y encima un caballito chiquitito. Tendría que pedirle a Jordi que me explicara eso, porque yo lo que veía era algo desproporcionado.

Busqué dónde estacionar y apenas cuadré mi carro, bajé apresurada; y luego de ingresar al edificio de la biblioteca, enfilé hacia el primer baño que vi, necesitaba lavarme los dientes y arreglarme el rostro y los cabellos antes de encontrarme con Jordi. Una vez que me sentí contenta con lo que veía frente al espejo, tomé una gran bocanada de aire, me hice un gesto de aprobación frente a mi reflexión y exhalando salí.

La biblioteca era un edificio impresionante. La verdad que nunca había visto nada parecido. Un poco que me sacó de cuadro encontrarme allí, frente a paredes y paredes de libros que parecían no tener un fondo. Parada en ese piso de losetas antiguas enceradas para mostrar su brillo de la mañana a la noche, sintiendo la emoción de pisadas y conversaciones rebotando en las paredes, viendo aquella escalinata que llevaba a otros pisos de libros y más libros, apreciando la puesta del sol dibujada sobre los ventanales en donde se superponían las luces de la ciudad, podía darme el gusto de concebir, siquiera por un instante, que existen intersecciones en nuestra vida diseñadas para abrirnos los ojos a mundos desconocidos.

El encanto se disolvió apenas un grupo de chiquillos pasaron por donde yo estaba detenida, casi atropellándome. Era la hora de buscar a Jordi.

Con el poco inglés que manejaba pregunté por el salón en donde se haría la presentación. Una bibliotecaria apuntó con su dedo hacia el segundo piso y luego hizo un gesto como para que virase a la izquierda una vez arriba. Le agradecí con la cabeza y me dirigí hacia la escalinata más cercana. Casi no podía respirar de la emoción, me sentía mareada de la felicidad mientras trepaba los escalones de dos en dos para llegar con la mayor rapidez posible. En mi mente veía a Jordi esperando por mí, impaciente, armando y desarmando la mesa en donde exhibiría sus libros, repasando las tarjetas en donde tenía apuntados los puntos más importantes de lo que quería decir, leyendo y releyendo los pasajes de su obra que compartiría esa noche. Yo sabía ya algo de su rutina. Escondida detrás de los estantes de la biblioteca en Bismark lo vi hacer todo eso antes de que llegaran los asistentes. Detrás de esa fachada de escritor en control y de su insistencia en ser perfecto yo podía observar un interior plagado de dudas, un corazón titubeante, un exagerado miedo a la soledad.

Una vez arriba sentí la urgencia del momento y casi corrí hasta el salón. Deseaba verlo sonreír, que con su mirada me dijera que estuvo pensando en mí tanto como yo en él. Esa noche yo me convertiría en el personaje principal de su vida. Sus sueños se llenarían de mí. Resolver mis conflictos sería la única manera de tenerme para siempre.

Tenerte frente a mí

No voy a negar que lo que me dijo Franklin me puso nervioso. Era la confirmación de lo que temía, estaba lidiando con una Sandra. Me estaba poniendo una vez más en riesgo de caer en el abismo de las locuras de alguien a quien no conocía para nada. Pero apenas lo pensé, traté de buscar la lógica en todo aquel asunto. ¿Cuál es la posibilidad de que a alguien le suceda lo mismo dos veces?, me dije. Debe ser bastante baja. Si Magdalena no existe tal cual tiene que haber una explicación muy poderosa. Hombre, que podía ser que estuviese en el país de manera ilegal, o que estuviese huyendo de alguien o algo… No todas las mujeres se convierten en unas locas-acosadoras-asesinas… ¿verdad? Ni que yo fuese el escritor más importante de mi generación ni el más codiciado. Me va bien, claro, y no estoy mal de pinta, eso sí, pero hay otras celebridades que serían un mejor platillo que yo, cavilé. Hombre, que no pasa nada. La ves hoy y empiezas a trabajar el tema de su famoso *bestseller*. ¿Cuál es la historia?, eso es lo único que importa, lo demás me lo resuelve Franklin, determiné.

Traté de dormir una siesta antes de prepararme para salir, pero no logré conciliar el sueño, cada vez que me acomodaba terminaba pensando en ella. No creía estar enamorado de Magdalena sino de la idea de ella como fuente de una nueva novela, de ella como la solución a aquel desierto de ideas que me hacía sentir nauseabundo.

Caray, que me estaba metiendo en algún tipo de lío. Lo sabía, lo presentía, y aun así lo iba a dejar desarrollarse hasta su final natural. No podía dejar de pensar en Magdalena, en sus palabras, en su por qué. No me cabía que por segunda vez una mujer extraña se me apareciese de buenas a primeras con la promesa de una historia "de novela" y que aquella oferta no fuera más que una facinerosa manera de ingresar a mi vida para convertirme en el ingenuo personaje de Michael Douglas en *Atracción fatal*. Tendría que ser un desdichado para que dos mujeres se pusiesen a perseguirme tipo "eres mío o te mato". Me dije que Magdalena sería diferente, que ya vería Franklin que por gusto me estaba haciendo sentir tan mal de conversar con ella. La vería en la noche, nos sacaríamos una foto y podría así averiguar más acerca de ella. Tenía que existir una explicación inocente para no poder encontrarla en una búsqueda sencilla de antecedentes.

A la media hora decidí que me haría mejor salir a dar una vuelta que insistir en tratar de reposar. Hubiese querido llamarla, pero sabía que estaría en el camino y no quería interrumpirla. Me urgía que ya estuviera frente a mí, me apremiaba saber todo acerca de ella.

Caminé sin rumbo fijo por una media hora, las grandes avenidas me llevaban a callecitas y aquellas me descubrían parques y lagunas en medio de la ciudad. De rato en rato me detenía para tomar una foto de algo que me llamaba la atención: una persona, un objeto, un edificio… cualquier cosa que ofreciese potencial para integrarlo en algún futuro libro era capturado. Así eran siempre mis caminatas, largas, sin premura, meditativas.

Me senté en un muro al lado de un edificio de oficinas y saqué una grabadora de bolsillo para dictar detalles de lo visto. Si no lo hacía de inmediato, la bruma de la vida pronto escondería lo que en ese momento resaltó para mí. Al rato mi reloj empezó a molestarme con una alarma. Era el momento de regresar al hotel y prepararme para salir. Me sentí satisfecho con la manera en que utilicé la tarde y, guardando la cámara y la grabadora, emprendí el camino hacia el hotel.

El duchazo fue más bien rápido, en lo que me demoré fue en decidir qué ponerme. Entendía que Magdalena no me venía a verme a mí, como persona, sino a presentar su caso, a exhibir la singularidad de la historia de su vida; incluso con ese conocimiento no podía dejar de sentir el cosquilleo de la aventura, la impaciencia del no saber, el deseo del sediento. No tenía que impresionarla, pero igual quería hacerlo. Nada demasiado formal, nada excesivamente informal. Algo en el medio era lo que tenía que vestir. Y lo intenté, por supuesto que así lo hice, sin resultados positivos, eso sí, porque a la hora salí de mi cuarto de hotel con el uniforme de escritor: vaqueros, camisa informal sin corbata, saco semi-formal, bufanda bohemia, zapatos formales. En serio que no soy nada creativo a la hora de vestir y más bien la gran mayoría de las veces resbalo hacia lo que me acomoda, que en mi caso resulta ser igual a lo que se espera de mí.

Llegué temprano a la biblioteca. Quería estar seguro de estar allí por si ella se aparecía antes de la hora prometida al público general. Una bibliotecaria me reconoció y me llevó hasta el salón. Denver tiene una biblioteca espectacular y esperaba que Magdalena la disfrutase tanto como yo. Mientras ponía mis apuntes y los bolígrafos que utilizaba para firmar sobre la mesa y armaba la exhibición con los libros que luego estarían a la venta, la mujer que me acompañó hablaba acerca de la disposición de las sillas en el salón, así como el podio y los micrófonos, el que usaría yo y el que usaría el público para hacer preguntas, y la manera en que se realizaría el cobro de los libros vendidos. Ella quería estar segura de que yo estaba contento con su trabajo y yo no podía más que entregarle monosílabos. No me importaba nada de lo que estaba diciendo, lo único que me interesaba era ver a Magdalena.

Poco a poco el salón se empezó a llenar de gente. Cada vez que alguien aparecía, cada vez que escuchaba voces acercándose desde afuera, levantaba la cabeza del libro que supuestamente leía y las pupilas se me engordaban con la esperanza de verla. Una, dos, diez, treinta, cincuenta… el salón se llenó a los ciento cincuenta y la bibliotecaria se acercó al frente para presentarme. Me sentía como un tonto, con tanta gente viniendo a escucharme presentar mi libro y yo deseando únicamente la audiencia de una mujer que no estaba allí.

Empecé. Dije mis palabras ostentosas, leí unos pasajes de mi libro, recibí la ovación del público al finalizar, exprimí la tinta y la imaginación sobre las deseadas dedicatorias. Y cada vez que levantaba la cabeza dejaba de respirar por un instante esperando por fin verla.

El grueso del público se fue adelgazando y la habitación se enfrió al perder esa masa humana y por fin la voz anhelada en medio de la calina:

—Yo quiero que me firmes este.

—Señorita: ¿este ya está firmado… no lo ve?

—Es que soy coleccionista.

Bajo la luna llena

Supe que mi plan estaba a punto de ponerse en marcha, esta vez sí en serio, apenas vi la cara de Jordi en la biblioteca. Me dio la impresión inmediata de que de alguna manera logré en mi primera visita convencerlo de la importancia de lo que tenía para contarle. Hubiese querido saludarlo temprano y no dejarlo pensando que ya no vendría, pero el caso es que era mejor para mí mantenerme lo más invisible posible. De todos modos, me alegré al ver esa sonrisa conocida.

—¡Magdalena! ¡Estás aquí! —dijo Jordi sin poder evitar demostrar su entusiasmo una vez que me firmó el libro por segunda vez—. La verdad que pensé que ya no te vería.

—No voy a negar que ha sido difícil llegar. Me he encontrado con muchos obstáculos en el camino. Pero el que quiere, puede. ¿No te parece? —dije y sentí que mis mejillas se encendían con rubor al darme cuenta de que le acababa de tirar una frase cliché a un escritor.

Aparentemente Jordi no se percató de la falta de originalidad de lo dicho ya que asintió.

—Deja que termino de firmar estos últimos y ya guardo todo y nos vamos —dijo entusiasmado mientras le hacía un gesto a los que quedaban en el lugar para que se acercasen a recoger su ejemplar y su firma. Yo me puse a un costado y lo admiré en silencio.

Jordi no demoró casi nada en complacer a los admiradores que esperaban su turno, y luego de colocar los libros que quedaban en una caja y sus lapiceros y apuntes en su maletín, levantó todo y se dirigió a la puerta.

—¿Vamos? —dijo mirándome travieso—. Quiero mostrarte algo antes de que se pase la hora…

—¿La hora de qué? —pregunté.

—Ya verás —dijo con un tono misterioso. Y dirigiéndose hacia la bibliotecaria le entregó la caja y le dijo—: Estos quedan como regalo para la biblioteca —la señorita le agradeció y Jordi siguió caminando sin siquiera mirar hacia atrás, era como si supiera que de hecho yo lo seguía.

Al llegar al final del corredor vi una puerta que imaginé sería una puerta al estacionamiento o la salida a la calle. Jordi volteó y me dijo:

—Este es uno de mis lugares favoritos en Denver. —Abrió la puerta y haciéndose a un lado me mostró una terraza extendida que terminaba en un balcón mirando hacia la ciudad.

Caminamos en silencio. La luna llena se mostraba gigantesca e iluminaba con entusiasmo nuestros pasos sobre las baldosas. Sombras largas se estiraban acompañándonos en nuestro paseo. Nos sentamos costado a costado en unas sillas de metal que parecían haber sido olvidadas durante el invierno en ese lugar. Corría el aire frío y brusco con fuerza allá arriba, pero no nos importó en lo más mínimo.

—Es una belleza —dije por fin rompiendo el encanto—. Me parece que fuera parte de una pintura de esas bonitas que encuentras colgada en un museo o en la casa de alguien que puede comprar cosas lindas.

—Sí que lo es —dijo Jordi pensativo—. He venido varias veces, pero nunca tan bien acompañado —alzó la vista y volteó a mirarme. Yo le aguanté la mirada todo lo que pude, aunque pronto me ganó el sentirme cursi, como si estuviera en una telenovela en lugar de estar haciendo lo que vine a hacer—. ¿Nos tomamos una foto? —siguió Jordi mientras sacaba el teléfono de su bolsillo. Entré en pánico y de un salto me puse de pie.

—Me parece que deberíamos buscar algún lugar en donde podamos conversar largo y tendido —dije y empecé a caminar hacia la puerta—. Gracias por enseñarme. Me llevo el recuerdo en el corazón —continué mientras abría la puerta y me apresuraba a entrar. A Jordi no le quedó más remedio que aceptar la pequeña derrota y seguirme al interior de la biblioteca.

—Mejor —dijo mientras bajábamos la escalera—. Así no nos quedamos en el patio maravilloso toda la noche, ya es hora de que cierren la biblioteca —explicó—. ¿Te imaginas? Nosotros conversando allá afuera mientras nos echan llave desde adentro… hubiese sido terrible… —añadió con una risotada nerviosa.

¿A qué mujer no le gusta un *selfie*?

Realmente me sentía a gusto con Magdalena. Haría lo posible para convencerla de que me tuviese la confianza suficiente como para permitir adentrarme hasta las hondonadas más recónditas de su espíritu. Era la única manera de poder realizar aquella conocida simbiosis con el sujeto de mi investigación con el preciso objetivo de extraer lo que yo necesitase para lograr una historia novelada de sucesos que, desde mi punto de vista, serían únicos y, por tanto, dignos de un libro que llevase mi nombre. La presentación de aquella noche en Denver me trajo de nuevo a mi realidad de escritor de mediana celebridad debido precisamente a los temas que escogía y el tratamiento que les imbuía. Era momento de averiguar si esta mujer tenía lo que yo codiciaba.

Bajamos las escaleras hasta llegar al primer piso. Magdalena no dejaba de señalar las cosas que le llamaban la atención en aquel claustro de la sapiencia. Y yo no perdía la ocasión de explicarle lo que veía. Era como caminar con una chiquilla que nunca ha tenido la oportunidad de conocer nada maravilloso en su vida.

Supe que convertirme en su maestro sería inevitable. La expresión de verdadero asombro en su rostro fue algo que siempre recordaré. Creo que en el fondo lo que ella sentía era agradecimiento porque en ese instante yo le entregaba la llave de acceso no sólo a un mundo nuevo, desconocido y extraordinario, sino que le permitía verme tal y como soy.

Nuestros pasos resonaban sobre el pavimento mientras caminábamos por el estacionamiento hacia el carro de Magdalena. La luz mortecina apenas alumbraba el camino lo suficiente como para distinguir los vehículos estacionados, aunque era difícil diferenciar colores, marcas y cuerpos hasta encontrarse parados frente a cada uno de ellos. Magdalena murmuraba, creo que preguntándose dónde dejó su carro. En el apuro de darme el encuentro no se le ocurrió apuntar en qué zona y nivel lo estacionó. Yo asentía de rato en rato, como si la escuchase solícito, pero por dentro me preguntaba si el hecho de no haberse querido tomar una fotografía era una indicación negativa de lo difícil que sería trabajar con ella.

Pasamos unos quince minutos perdidos en la maraña de columnas de hormigón, techos bajos y alumbrado fluorescente con su clásico titileo de película de horror hasta que Magdalena concluyó nuestra aventura con un alharacoso gritillo de exploradora arribando a tierras que se pensaron perdidas:

—¡Ahí está! ¡Pero si ha estado frente a nosotros todo este tiempo! ¿No pasamos por aquí antes?

Miré a mi alrededor y me percaté de que aquello era cierto. Esa recatafila de automóviles ya la habíamos visto unas dos veces antes. Para confirmar, comprobé con mi memoria que el piso y la zona estaban en la lista de los recuerdos de unos minutos atrás. Parecía ser que para variar yo estuve caminando en modo "sonámbulo", simplemente siguiendo a Magdalena y tratando de mover la cabeza haciendo gestos de asentimiento mientras mi mente continuaba en un lugar remoto, una pequeña oficinita reservada en el fondo de mi cerebro en donde me gustaba sentarme a rumiar los hechos cuando trataba de planear cuál sería mi siguiente movimiento.

—El hecho es que lo encontramos. Eso es todo lo que cuenta. Ya empezaba a enfriarme. Vamos, abre la puerta y pon la calefacción —demandé al tiempo que tomaba mi puesto en el asiento de pasajero.

—Eres un mandón, Jordi —dijo Magdalena en tono burlón—. Ven, sube, que ya te pongo la calefacción para que no te resfríes. ¿Quieres una mantita también? —continuó y jaló la manta que tenía en el asiento de atrás y me la colocó encima, haciendo unos gestos socarrones mientras acomodaba las puntas en mi espalda dejándome como un emparedado y luego poniéndome el cinturón de seguridad para mantenerme inmóvil en la butaca.

Di una risotada y traté de soltarme, pero Magdalena había realizado un excelente trabajo. Luego la miré expectante. Pero ella sólo me observó de arriba abajo, hizo un gesto de aprobación y sin decir más, puso las manos sobre el volante y arrancó el carro.

De inmediato el calorcito del aire fluyendo por la cabina nos reconfortó. Ella sonrió. Aquel mínimo control sobre la situación presente parecía hacerle gracia, tal vez darle la resolución que necesitaba para continuar siendo intrépida en mi compañía. No podía reconocer todavía que nos necesitábamos mutuamente; después de todo, yo podía ser el escritor pero era ella la que guardaba la historia.

—¿A dónde vamos? —preguntó tras unos sesenta segundos de silencio. Por lo visto, luego de la pequeña victoria sobre mí tuvo que conceder mentalmente que me necesitaba para guiarla en aquella gran ciudad.

—Deshaz esta manta que me siento como un tamal y ya estoy empezando a sudar —requerí—. Apenas lo hagas, te digo dónde vamos y lo más importante: cómo llegar.

Magdalena me miró, torció su boca para un costado, se mordió el labio superior y luego de tamborilear los dedos sobre el volante por un instante aceptó la derrota.

—Está bien. Está bien. Ya sabes que si te quejas conmigo, yo te doy lo que necesitas y más —dijo juguetona mientras desabrochaba el cinturón de seguridad y jalaba los pedazos de manta que colocó hacia mi espalda, dejándolos caer de una sola vez sobre mi pantalón—. Ya. Ahora, dime dónde vamos.

—¿Pues, quieres ir a un restaurante o algo así? —pregunté dudoso. Ella era de armas tomar y no quería insultarla de nuevo escogiendo algo que no le provocase.

—Tendría que ser algún sitio con poca gente, para hablar bien, digo —contestó y puso el carro en retroceso.

—¿Dónde te estás quedando? —pregunté.

—La verdad que ni siquiera lo pensé. Me vine directo y no hice reservación —se rio.

—¿Y qué tal si vamos a mi hotel y pasas la noche allí? —propuse.

—¿En tu habitación? No pues, Jordi, que así no se hacen las cosas —contestó molesta.

—¡No! Es que no me entiendes. Que vamos al hotel, te pago un cuarto separado, comemos, me empiezas a contar tu historia y luego te retiras a dormir allí mismo y mañana seguimos conversando —dije y cuando ella volteó a verme supe que aquel obstáculo quedó resuelto.

La noche estaba preciosa cuando llegamos al hotel. La nieve virgen que acababa de caer cubría el asfalto a la intemperie del estacionamiento frente al hotel y el blanco de la atmósfera que nos rodeaba permitía ver todo con una claridad espectacular. Me pregunté si para Magdalena el júbilo que yo sentía en una noche nevada sería comparable a lo que ella sentiría frente a la luminosidad de la arena bajo el sol abrasador.

Magdalena detuvo el carro y se quedó pensativa un buen rato. Podía ver que sonreía dentro de su asombro por el paisaje deslumbrante frente a ella: luna llena, claridad infinita, blanco total, calor penetrando el corazón, alegría dichosa sin un por qué. Magistral imagen en donde todo está limpio, inmaculado, completamente nuevo. Página en blanco en medio de la noche. Para mí, su rostro deslumbrado, detenido en el tiempo ante la majestuosidad de la naturaleza, era un placer que se quería descontener, que quería correr desbocado y gritar con el entusiasmo de un niño, que deseaba con las ansias de un adolescente a orillas del primer beso; y que, sin embargo, tenía que contentarse con el silencio de quien observa y anota.

—¿Vamos? —dije por fin rompiendo el ensimismamiento apenas sentí que ella se atrevía a apagar el motor pero continuaba con el cinturón puesto y la mirada al cielo.

Me miró sonriente, casi obediente, y sin decir nada se desabrochó el cinturón, sacó las llaves del encendido, tomó su cartera y, bajándose del carro, cerró la puerta y empezó a caminar con total soltura hacia la puerta del hotel. Era como si supiera que yo la iba a seguir.

Y, bajándome de prisa, la seguí.

Una vez que llegamos al interior del hotel nos acercamos a recepción para pedir un cuarto para Magdalena. Fue en ese momento que le pidieron un documento de identidad y de pronto yo sentí que todas las preguntas serían por fin solucionadas.

—Aquí tiene —dijo Magdalena, colocando su licencia de conducir de Iowa sobre el mostrador.

El hombre tomó el documento, lo miró, escribió en su computador los datos y se lo regresó. En ese instante intercepté la licencia con lo único que se me ocurrió:

—¿A ver la foto? Apuesto a que sales mejor que yo en mi licencia —dije tomando el documento antes de que Magdalena lo pudiese guardar en su bolso—. ¿Te has dado cuenta de lo malas que siempre salen estas fotos en los documentos oficiales? Ahora te muestro la mía, parezco un asesino que acaba de escapar del secuestro de otro asesino: con una cara de loco que parecería que le tomaron la foto mientras huía —traté de rellenar mientras grababa en mi mente el número de la licencia: 987651432 y su fecha de nacimiento: 03/14/87.

Ella me miró e hizo un gesto de extrañeza, pero no dijo nada. Solamente tomó su licencia y abriendo su billetera la acomodó en su lugar. Ni siquiera me pidió ver mi foto.

Después de una pausa incómoda en el ascensor, nos bajamos y empezamos a buscar las habitaciones. Yo todavía trataba de acomodar mi indiscreción anterior tratando de construir al vuelo algo chistoso acerca de pasadizos de hoteles, aunque cuando Magdalena de nuevo me arqueó las cejas todo intento de mejorar el ambiente se detuvo abruptamente.

Continuamos el resto del camino en silencio y cuando llegamos a su puerta: 377, le entregué la llave y luego de dejarle saber que la esperaría en mi cuarto cuando estuviese lista, me fui sin decir nada más.

Mi habitación estaba frente a la suya. Caminé un paso largo, abrí mi puerta y entré. Todavía repetía en mi mente los números que saqué de su licencia cuando llamé a Franklin.

—Por fin, *bro*, ya pensaba que no llamarías —contestó Franklin—. Tengo los motores encendidos desde hace horas... ¿Llegó a Denver?

—Sí.

—¿Y la viste?

—Sí.

—¿Y?

—¿Y?

—Y... ¡Cómo te gusta joderme! ¿dónde están mis regalitos?

—No se dejó tomar una foto...

—¿No?

—No.

—¿Qué tipo de mujer es esa?

—No sé...

—Peor: ¿qué tipo de galán eres tú que no la pudiste convencer?

—¿Galán?

—Galanazo, *bro*, escritor.... Cualquier mujer se volvería loca por ti... —se carcajeó.

—Ja Ja y también Ja... No quiso el *selfie* cuando se lo propuse. Tal vez que su pelo no estaba como ella quería para una foto —traté de excusarla.

—...O tal vez es alguien peligroso —interrumpió Franklin.

—Pero tengo unos datos que saqué de su licencia de conducir —lo calmé.

—Ta ma, *bro*, hubieses empezado por allí. ¡Cómo te gusta jalarme la pita hasta que se rompa! Ya, al toque, dame los dígitos —se rio aliviado.

Le pasé la información y suspiré desahogando la tensión. Franklin me llamaría al día siguiente para dejarme saber lo que había averiguado. A mí solo me quedaba estar a solas con Magdalena para que me contase lo que me quería contar.

Philippe Johnson II

Tenía solo quince años cuando a mi pueblo llegó un grupo de chicos como de mi edad. Yo me creía una mujer hecha y derecha por todas las cosas que sabía hacer y las muchas maneras en que ayudaba a mi familia. Si podía trabajar, cocinar, estudiar y cuidar de otros, de seguro sabía cómo comportarme como una persona madura frente al mundo. Esta creencia en mi superioridad, aunque muy buena para mi autoestima, se convirtió en la piedra contra la que tropecé y caí sin saber hacia dónde rodaba.

Me creía muy experimentada cuando conocí a Philippe Johnson II (así, como la marca de cera), y sus amigos (todos gringos, grandes, blancos y de ojos azules) en la plaza de armas de Catacaos, cerca de la estatua del cura Mori, una mañana de febrero. Desde mi improvisado puesto de ventas de artesanías, sobre una banqueta de parque, los vi pasar y la verdad que no les di importancia alguna, muchos turistas vienen a Piura para los carnavales y Catacaos siempre se beneficia de la llegada de los extranjeros que dejan su invierno para disfrutar de nuestro verano.

Lo que sí noté fue que Philippe se rezagó un poco de su grupo al pasar cerca de mí e incluso dio la vuelta y me miró una vez más mientras se alejaba de camino hacia la Iglesia San Juan Bautista. Yo fea no estaba, pero para congraciarse conmigo lo que me hacía más ilusión era una buena venta. Es que en esa época yo no buscaba marido si no independencia.

Mi mamá también lo vio pasar y cuando él me puso esa cara de galán de cine ella le devolvió el percibido agravio con un gesto con las cejas, los ojos y la boca de "ni se te ocurra". Y es que yo podía creerme lo que quisiera, pero entre mi mamá, mi abuela y mis tías formaban una muralla impenetrable de protección que hasta ese entonces ningún chico había podido sortear.

Philippe colocó la mira en mí desde ese instante. Cada tarde, después de la siesta de reglamento, llegaba bien vestido y perfumado a mi puesto de artesanías en la plaza de armas de Catacaos y luego de quedarse largos minutos preguntándome acerca de esto, lo otro y lo de más allá, mientras intentaba sonsacarme información personal con minúsculos resultados, me compraba algo.

Yo lo veía irse bien contento al tiempo que yo contaba el dinero ganado y sonreía también por la suerte de haberlo atraído a aquel gringo con plata.

Y así Philippe entendió cómo ganarse, si no mi corazón, aunque sea mi confianza. No conversábamos mucho, él sabía muy pocas palabras en castellano y mi manejo del inglés era para matarse de la risa. Pero poco a poco lo que parecía una amistad sincera pareció empezar a forjarse.

Una tarde, mientras me abanicaba el soponcio con un pedazo de cartón que encontré de camino a la plaza, un tremendo globo con agua aterrizó con fuerza sobre mi hombro derecho y me dejó con una marca roja en la piel, aunque muy agradecida por el refrescante momento. Me puse de pie para buscar al culpable de tal "agravio" y vi a Philippe mirándome con una expresión jocosa desde atrás de un árbol de tamarindo.

—¿Qué crees que estás haciendo? —le dije haciéndome la molesta mientras colocaba las manos sobre mis caderas.

El gesto de Philippe cambió a una mueca y me contestó:

—¿Carnaval?

Todavía con la cara de molesta me acerqué a él y le hice un gesto para que me entregara todos sus globos con agua. Él se agachó y me dio un balde lleno de globos henchidos con líquido.

—Vas a ver —murmuré mientras me alejaba con su botín; y cuando estuve lo suficientemente lejos, me detuve, volteé y empecé a tirarle todos los globos sin parar hasta que lo dejé empapado, pero todavía parado en el mismo sitio.

Regresé hasta donde estaba y lo ayudé a sacarse los rezagos de los globos mientras en secreto admiraba su desarrollado cuerpo.

—¿Qué es esto? —me dijo mostrándome un tamarindo.

—Ta-ma-rin-do —contesté mientras apuntaba al fruto y al árbol, tratando de hacerle saber cómo llegó aquello a aterrizar en su cabeza.

—Ra-ra-rin-ro —contestó sonriente.

—Ta-ma-rin-do —le volví a decir lo más despacio posible.

—Ta-ra-rin-do —dijo. Y esta vez se lo dejé pasar. No me iba a quedar de profe toda la tarde cuando tenía ventas que hacer.

—Lo que tú digas —dije y empecé a regresar a mi banquita.

Philippe caminó conmigo y cuando llegamos a mi puesto, me preguntó:

—¿Comes? —Me enseñó el tamarindo.

—¡Claro! —le dije y tomando el fruto le mostré cómo comer el tamarindo.

Parece que le gustó mucho el sabor acido intenso del tamarindo pues apenas degustó la pulpa de unas cuantas pepitas se regresó al árbol para recoger una mediana cosecha y sentarse frente a mí para comerla con un gusto que me hizo sentir que tal vez teníamos algunas cosas en común el gringo y yo.

Llegábamos al final de los carnavales. Las calles del centro estaban adornadas de una manera alegre para las festividades. Esa mañana me fui con unas amigas a ver el desfile. Me encantaba ver pasar el corso con los tatachines, los carros alegóricos y las comparsas con su música jovial, los elegantes disfraces preparados para esa ocasión especial y los grupos de danzantes de folklore regional. ¡Nunca me cansaba de verlo! Todos los años era la primera en llegar y la última en irme. No me importaba el calor que hacía ni que después tendría que recuperar las horas que tuve que dejar las ventas. Si hasta la mayoría de las veces también estaba cuando realizaban la tumba del yunce.

Pero ese año fue especial. Philippe me estuvo dando vueltas y haciéndome ojitos toda la semana; y para el desfile se puso en la acera de enfrente y desde ahí me hacía señas. Yo la verdad no entendía mucho, pero le hacía gestos como que sí captaba todo lo que me quería decir.

Me acuerdo que en un punto me hizo señas como para avanzar desde donde estábamos hacia el lado donde las comparsas y los carros alegóricos se preparaban para salir a la ruta. Yo, por hacerme la interesante, lo seguía hasta cierto punto y luego desaparecía, como para que él se sintiese angustiado al dejar de verme, y luego emergía de entre la muchedumbre y entonces él sonreía aliviado.

Cuando por fin llegamos al punto de preparación del desfile, ya todos los carros alegóricos y comparsas habían partido. De pronto nos encontramos solos, el uno frente al otro, borrachos de alegría por la música, los colores que todavía bailaban en nuestra mente como en un entresueño de fuegos artificiales marcado por el mareo causado por la deshidratación.

Philippe detuvo la carrera y fijó su mirada sobre mí. Me sentí especial, afortunada de que él me hubiese escogido de entre todas las chicas de mi pueblo; de solo tratar de sostenerle la vista sentía como si sus ojos me levantasen del suelo y me hiciesen flotar en aquel aire marrón y terroso con olor a pólvora de cuetecillos.

—Bonita —me dijo señalándome con la mano. Y se acercó un poco.

—¿Yo? —contesté sorprendida, los labios en posición de sonrisa, las mejillas bullendo de rojo, mientras trataba de recordar en mi mente si había hecho algo diferente ese día con mis trenzas o mi vestido.

—Tú —dijo y dio un paso adelante. Yo casi podía sentir su respiración, el olor salino de su transpiración rodando en gordas gotas desde los picos y salientes de su enrulado cabello rojo—. ¿Fiesta? ¿Conmigo? —agregó.

Me quedé de una pieza. Nunca nadie me había invitado a la fiesta más linda de la temporada. Pensé que era una broma, que el pobre gringo no tenía idea de lo que estaba haciendo. ¿Me estaba invitando al club a mí?

Sonreí sin saber qué responder. Por mi mente pasaban todo tipo de excusas: no tengo vestido, no me van a dejar ir, no me van a dejar entrar…

Luego él se puso todo serio y en la mejor imitación de acento piurano me dijo:

—¿Vamos, pues, gua?

A mí me dio ataque de risa, y dándole el sí con la cabeza salí corriendo.

Esa noche me presté el vestido más lindo de mi prima mayor, le hice jurar que no diría nada y cuando todos se fueron para sus cuartos me escapé y fui corriendo hasta el club.

No tenía la más mínima idea de cómo haría para entrar ya que Philippe no me había dado ningún tipo de invitación, pero cuando me presenté en la garita de entrada él estaba allí esperándome, su cara se encendió de alegría cuando me vio llegar. Yo me sentía más bien un poco fastidiada porque estaba muy sudada de la carrera que me pegué para llegar a nuestra cita.

Creo que la siguiente media hora me la pasé con la boca abierta, hecha una tonta encandilada por lo maravilloso que me pareció aquel lugar, la abundante comida y esas personas a las que conocía de la página de sociales del periódico, pero a quienes nunca pensé vería tan de cerca.

Durante la fiesta Philippe me trató en todo momento como a una dama, presentándome a sus amistades, incluso a su padre, quienes me dieron la bienvenida como si formara parte natural de su círculo. Era bastante abrumador y, dejándome cegar por el recibimiento que me daban, como una tonta bajé mi guardia.

Mi madre siempre me dijo que nunca reciba nada de tomar o comer de los chicos, que ellos pueden echarle algo para aprovecharse de una. ¡Si solo hubiese tenido en consideración sus palabras esa noche, mi vida sería hoy bastante diferente!

Pero cuando a una chica de pueblo le ponen esas lucecitas glamorosas por delante, ella puede llegar a pensar que pertenece a ese ambiente. Es como una ceguera del corazón que, de tanto engreimiento, todo junto y de un porrazo, llega a engañar a la mente y decirle que de pronto todas sus circunstancias han cambiado, aunque no le da una buena razón.

¡Qué suerte la mía!, ¿gua? Yo ya me veía misma Cenicienta, pasando de mi humilde vida al palacio en una sola noche.

Pero la vida no es así. Y mi mamá tenía razón.

Recuerdo haber bailado, comido y tomado alguna gaseosa en una copa de cristal. Recuerdo haber sido feliz al lado de Philippe, rodeada de tanta gente bonita, adulada por mi simple hermosura...

Y luego recuerdo despertar en un cuarto de hotel. Philippe haciendo cosas que no le tocaban hacer. Y lo más extraño: su padre, acomodado en un sillón mirándonos.

Y luego el amanecer, echada boca arriba en la tolva de una *pick-up*, la luz del sol dándome la bienvenida en esa aciaga mañana de regreso a mi vida, la que me tocaba vivir de verdad. A mi lado, otras tres chicas como de mi edad, sus vestidos también rasgados, sus miradas tan confundidas como la mía.

Al llegar a las calles de arena y tierra el conductor se detuvo y una a una nos hizo bajar, sin decir una sola palabra de explicación, conmiseración o despedida, y nos dejó a las cuatro paradas a las puertas de nuestras antiguas vidas diciéndole adiós al eco de una noche de fantasía.

A Philippe no lo volví a ver nunca más. Sé que la plana mayor de mi familia fue a tratar de hacerle un escándalo a su padre; pero para cuando llegaron a donde se alojaban, unos días después de la fiesta, cuando de tanto llorar sin siquiera dar explicaciones me vi forzada a revelar lo sucedido, se enteraron de que ya no estaban.

Tampoco volví a ver a esas chicas de cerca. Las cuatro estábamos prohibidas de hablar de lo ocurrido. En estos casos la mujer siempre tiene la culpa. Pero viendo sus panzas crecer junto con la mía me ofreció toda la explicación que podía necesitar. Las cuatro fuimos embaucadas por unos gringuitos de paso por nuestra ciudad. Fuimos blancos de un asalto, del robo de nuestra virginidad. Poco a poco nos tuvimos que hacer a la idea. Esto le pasa con frecuencia a las chicas de pueblo que, como nosotras, piensan que se pueden salir de pobres así nomás; y luego del escándalo inicial, todo volvió a la calma y los asaltantes nunca recibieron su merecido castigo.

Nueve meses pasaron. A pesar de la pena y confusión que causó en mi existencia, apenas vi a mi pequeña emerger de lo más profundo de mis entrañas supe por primera vez en mi vida lo que es el amor, el amor de verdad, el que es incondicional. Y por todo lo que trajo a mi vida, y esa manera tan especial en que me hacía sentir cuando la miraba a sus ojos o le tocaba sus manitos o sus deditos del pie, la nombré Felicidad y le puse mi apellido.

Felicidad era un miembro más de nuestra familia, alguien más a quien querer con toda el alma, y aunque algunas personas fuera de nuestro círculo inmediato trataron de hacerme sentir mal por el pecado que cometí para concebir a mi niña, solo el calor de sus besos y el júbilo de su sonrisa me bastaban para borrar de inmediato cualquier mal sabor en mi boca.

No me importaba que Felicidad llevara mi apellido y no el de su padre. Yo no quería saber nada con él, y menos con su familia. Philippe se aprovechó de la situación y luego desapareció de mi vida como si lo nuestro nunca hubiese sucedido. A mí me bastaba con mi entrega total de madre a mi niña, y todo el amor que los miembros de mi familia le proveían a diario. Era más de lo que muchos tienen.

Pero mi abuelita decidió, sin mi permiso, escribirle al padre de Philippe para dejarle saber que el fruto de la vacación de su hijo era Felicidad, quería que la reconociera, que su nieta no creciera bastarda y sin el apellido que en verdad le tocaba. En lugar de lograr su cometido, unos sobres a nombre de Felicidad llegaban a manos de mi abuela de cuando en cuando, en ellos venían instrucciones para recoger dinero.

Mi abuela nunca me lo dijo directamente, ni me entregó el dinero que llegaba de Estados Unidos a través de diversos representantes de la compañía del padre de Philippe que pasaban por Piura o Catacaos una vez a las quinientas, creo que le causaba dolor no haber logrado lo que se propuso. Yo nunca se lo dije, pero para mí colocar aquel apellido detrás del nombre de mi hija, era como marcarla para siempre con todo lo que aquel muchacho que pasó una vez por Catacaos para los carnavales me robó.

Aun así, la abuela abrió una cuenta de ahorros en el banco a nombre de Felicidad y para cuando ella empezó a adquirir curvas el monto en esta era bastante interesante.

La mujer más conocida del mundo

Estuve en mi habitación un buen rato esperando la llamada de Franklin. No quería volver a ver a Magdalena sin saber quién era ella en verdad. Hubiese sido mejor no tener expectativas tan altas. Miento: hubiese sido mejor no tener expectativas, punto. Las expectativas malogran cualquier tipo de momento entre dos personas pues lo juzgan bajo parámetros que podríamos decir son injustos, ya que, por lo menos en mi caso, no permiten disfrutar las cosas en paz, no permiten degustar nada ni tan siquiera explorar con un espíritu de aventura por entrar en territorio desconocido. Las expectativas lo arruinan todo: ponen a las personas en una situación en donde son prejuzgadas antes de poder ser conocidas por quienes realmente son.

Por eso debí haber dejado la llamada de Franklin para otro momento. Pero no. Yo tenía que saber, tenía que saberlo todo, tenía que saberlo todo para figurar cómo prepararme. Para creativo soy un poco duro conmigo mismo pues las reglas que me impongo son más bien tristes ya que truncan la imaginación al llenar todos los espacios que yo debería escribir a mano con la pluma de la fantasía con hechos creados por la triste realidad de este mundo.

Todo lo que me dijo Franklin en esa llamada, así no quisiera ya lo había oído, y no tenía manera de des-escuchar lo escuchado.

—Si esta es la mujer más conocida del mundo, debe ser de otro mundo, ya que aquí esos números solo existen como documentos fraguados —dijo Franklin apenas contesté y con esas palabras reventó la pompa de jabón que en mi corazón venía creando acerca de Magdalena desde la primera vez que la vi en Bismark.

—¿Cómo dices? ¿Documentos falsos? ¿Qué crees que eso quiera decir? —pregunté como si no supiera las opciones.

—¿Quieres que te lo diga? Pues allí va: puede ser indocumentada, puede estar tratando de ocultar quien es... por diversas razones... Pero...

—¿Pero?

—Pero son muy mal hechos. Es muy fácil de detectar, debe haberlos comprado en una de esas bodegas...

—Deja que trataré de sonsacarle al estilo antiguo. Te llamo luego —dije y le corté.

No me quedaba otra cosa que esperar a Magdalena en mi cuarto y ver si se animaba a hablar.

Y vaya que lo hizo. En verdad no me esperaba que estuviese lista para compartir su secreto.

Hizo una pausa apenas terminó de contarme acerca de Philippe Johnson II. Me miró tranquila y expectante desde su lado del sofá en donde estábamos los dos sentados, cada uno tratando de quedarse a su lado. Hice un gesto con mi boca cuando vi la intranquilidad en su rostro, pasé la lengua por mis labios y sacándome los anteojos los limpié con la orilla de mi camisa. Luego por fin rompí el silencio:

—¿Y cómo eres la mujer más conocida del mundo?

—Tengo que terminar la historia.

—Eso lo explica… —dije con ironía.

—Tal vez sea más interesante —replicó.

—¿Entonces no hay mujer más conocida del mundo?

—No —me miró con ansiedad.

—¿No? —traté de contener mi desilusión. No porque la historia hasta ese punto no fuese interesante sino porque detestaba que me mintiesen.

—Pero tal vez hay algo mejor —un susurro, casi un ruego.

La miré. Parecía una niña pequeña sentada así, con la pierna izquierda cruzada debajo del muslo derecho, su cuerpo disminuido al perderse entre los cojines.

—¿Me dirás la verdad a partir de aquí? —casi un padre en el reproche.

—Lo prometo. Si me dejas terminar, verás lo que yo veo.

—¿Todo?

—Todo. No me sirve de nada si no te doy todo lo que sé —me dijo y yo no podía evitar que me desarmara con la sutileza del ruego que nacía de su mirada.

La desaparición de mi Felicidad

La verdad que a Felicidad nunca le faltó nada. Ni siquiera el padre que nunca conoció. Tenía preguntas acerca de él, claro, es lo normal para quien crece sin alguien a quien llamar "papi". Es como que esa necesidad se vuelve más urgente. Como que todo en su vida se mide contra esa ausencia. Como que el dolor de lo que nunca se conoció se convierte en una añoranza que acompaña cada trago en la vida, sea este amargo o dulce.

Nos tenía a todas nosotras y a la gente del pueblo, la vecindad es una familia importante que llena muchísimos papeles cuando una niña es producto de una violación acompañada de un acto de desaparición. El hecho de que fuéramos cuatro las engañadas y que los engañadores fuesen extranjeros nos ayudó a ganarnos el perdón de todos alrededor nuestro y que con los años lo único que nos hacía recordar lo sucedido era mirar a esas niñas que llevaban en sí mismas y de perpetuidad la marca genética de lo sucedido. En el caso de Felicidad, era de gran notoriedad su largo cabello encarnado de rulos saltarines y juguetones y ojos azules achinados en contraste con su piel canela y rasgos indígenas coronados por pecas. Llamaba la atención a donde fuese y era difícil que la niña pasará desapercibida. Cuando creció y niños y personas que no la conocían la fastidiaban, yo le enseñé a decir que descendía de una tribu fantástica que vivía en el Amazonas. De esa manera logré protegerla de sus orígenes, cambiando una historia negativa por una positiva. Y es que, a pesar de que yo en verdad no hice nada malo, ya se sabe cómo es la gente de cruel que ponen la culpa en el lugar equivocado.

En fin, por quince años todo fue lo mejor que se pudo con los recursos que teníamos. Seguíamos criándola entre mi abuela, mi madre y yo. Tal vez demasiado protegida sin habérnoslo propuesto.

Felicidad creció para convertirse en una atractiva señorita: exótica de primera impresión, alta y delgada, con su melena abundante y salvaje y su manera de ser extrovertida y amiguera. A donde fuera se hacía de amistades. Todo le llamaba la atención, todo quería saber, a toda persona quería conocer. Nada nunca le aburría. Y eso atraía mucho gozo a su vida, y, por repercusión, a la nuestra.

Podía tener todo tipo de amistades y hacer lo que quisiese durante el día, pero la regla era que no podía tener enamorado o salir de noche hasta los quince.

Y por fin llegó ese número al que tanto temíamos. Y todas las mujeres en la casa caminábamos temerosas, nadie quería hacerle acordar de esas nuevas libertades ganadas con solo cumplir años. La barrera entre Felicidad y los horrores que el mundo podía ofrecer a alguien tan joven se desvanecerían el minuto que ella así lo quisiera. Todos los parapetos y barricadas colocadas alrededor de mi hija los iba barriendo el viento salado de la tarde hasta dejarla sin protección, con solo lo aprendido en su casa como coraza.

Una tarde, unos meses después de cumplir los quince años, Felicidad llegó a casa bañada en sudor y transpirando efervescencia. Corrió hasta el pequeño taller en donde trabajábamos su abuela, su bisabuela y yo y nos encontró, como siempre, tejiendo las hebras de paja al sol de la media tarde, con la radio encendida en las noticias, comentando lo sucedido con ideas de nuestra propia cosecha, conversando y trabajando hasta que los ojos ya no vieran más y el sol se pusiera detrás de nuestros párpados.

Era la temida época de los carnavales y Felicidad pasaba de los quince. Desde su cumpleaños, cerca de todos los santos y la festividad del tondero y la marinera norteña, y un poco pasado el señor Cautivo de Ayabaca, ya veíamos que el día llegaría en que ella reclamaría la libertad preciada que colgaba como una medalla a colocarse orgullosa desde que mi chiquita estaba en la cuna. No tenía manera de quitarle lo que le ofrecí como suyo.

Para mí los carnavales nunca volvieron a ser la dicha que en el pasado fueron, pero no me sentía con derecho alguno para influir en cómo Felicidad los percibía. Así que cada febrero me comía mi tristeza y dejaba que mi niña disfrutara de las festividades como cualquier otro hijo de vecino.

Tal y como yo lo hice a su edad, Felicidad vendía artesanías en la plaza de armas, cerca al árbol de tamarindo que tanta dicha me trajo cuando conocí a Philippe. Por supuesto, y con la idea de que no lo buscase, mi hija pensaba que su padre estuvo en el ejército y que murió en la época de los senderistas. Teníamos un pacto las madres de las chicas que nacieron de esa injusticia: nunca hablaríamos de ello. Era nuestra manera de olvidar, de poder regalarles a nuestras hijas, porque todas nacieron mujeres ese noviembre, una vida libre del dolor que nosotras pasamos. Y los vecinos que sabían cumplieron con mantener sus bocas calladas.

En fin, Felicidad llegó esa tarde echa un torbellino de alegría. Sus mejillas coloradas, su pelo revuelto por la carrera que se pegó hasta la casa, sus manos temblando de la emoción. Me bastó verla para entender que ya no podía posponer lo que la naturaleza despierta en una joven de esa edad.

—¿Qué te pasa hijita? —preguntó mi madre mientras le daba una pitada a su cigarrillo.

—Abuelita, que estoy feliz. Que he conocido un chico en la plaza. Que ha venido de visita por los carnavales… —Las tres nos miramos y el puñal del dolor que sabía que vendría se clavó en mi corazón.

—¿Cómo que un chico? ¿Qué adefesio estás hablando? Se trabaja y punto —dije tratando de hacerme la que olvidé lo prometido.

Me miró confundida. Nuestro matriarcado era fuerte. Se hacía lo que decíamos. Pero luego se rio:

—Un chico, pues, mamá… que ya tengo edad. Me lo has dicho desde que era una churre… «Cuando tengas quince…». Bueno, ya sabes —dijo haciéndome acordar lo que yo bien sabía.

—Pero uno conocido, hijita. ¿Quién es este chico?

—Es bien lindo, bien elegante con sus palabras y medido con sus gestos. Viene de Estados Unidos con unos amigos y sus padres —dijo juntando las manos como en una oración para que le diera mi bendición de tratarlo y dio la vuelta levantando su vestido en un ruedo que nos hizo sombra a las tres que estábamos allí sentadas.

—¿De Estados Unidos? —dijo su bisabuela—. Hijita, hay que tener cuidado, que nada bueno sale de eso…

—No es nada… Si ya estoy grande, ustedes mismas lo han dicho. ¡Gua! Aparte, que es un amigo nada más.

—Bueno, espero que tu amigo no sea ningún tipo de "fresco" —agregué tratando de no dejarla sentir mi nerviosismo—. Anda, lávate y ven a ayudarnos con esto —continué mientras bajaba mi mirada y la escondía dentro de la paja.

Pasaron los días y Felicidad no dijo nada más del chico y nosotras no preguntamos tampoco, pero mi corazón se estrujaba cada vez que ella salía, y no volvía a la normalidad hasta que la tenía de regreso junto a mí. Lo que sí noté fue que ella y las otras tres que nacieron casi al mismo tiempo paraban de arriba para abajo más que nunca, cuchicheaban, se sonrojaban más de lo frecuente y muchas veces llegaban tarde para comer.

Llegaba el día de la fiesta de fin de carnavales. Yo me había restringido lo más posible todo ese tiempo. No quería que mi hija pensara que no confiaba en ella; pero, con todo lo que me sucedió a mí a su edad, la idea de verla juntarse con gringuitos me tenía los nervios de punta.

Unos días antes de la fiesta, noté que Felicidad se estaba cosiendo un nuevo vestido. Y lo estaba haciendo en su cuarto, a escondidas. No le dije nada, pero me dispuse a seguirla a donde quiera que estuviese planeando ir la noche de la fiesta. Se traía algo y yo tenía que averiguar qué y protegerla de cualquier estúpido que quisiese propasarse con ella. ¡Es muy difícil ser madre!

A eso de las nueve de la noche ya todo estaba a oscuras en casa cuando sentí movimiento en el cuarto de la niña. Salí por mi ventana y me fui a esconder en algún lugar desde donde podría ver lo que sucedería. En efecto, Felicidad salió con un vestido nuevo y tacones, dio un silbido bajo y las otras tres aparecieron.

Empezaron a correr y yo a seguirlas a una distancia prudente.

Pero no fueron al club, si no que enfilaron hacia el arenal. Se veía una fogata a lo lejos. No pasó mucho tiempo hasta que llegaron a su lugar de destino. Era una especie de fiesta en medio del desierto, cerca de una casucha que parecía deshabitada. Me puse cerca, detrás de unos tablones que hacían de pared, desde allí podía ver y escuchar sin ser detectada. Si todo iba normal, me marcharía a casa y las dejaría ser.

No eran muchos los que se encontraban allí y parecía que solo estaban tomando cervezas y fumando cigarrillos, lo normal para esa edad. Estaban sentados junto al fuego, asando marsmelos y cantando canciones al ritmo de la guitarra.

De pronto escuché a Felicidad hablando con el famoso chico. Lo llamó Philippe y yo no pude con mi cuerpo que por una parte se quiso desvanecer y por otra montó en cólera.

—¡Felicidad, en este momento te regresas a la casa! —grité mientras me acercaba como si fuese una loca.

Ella y el tal Philippe se pusieron de pie apenas me vieron. Él colocó su cuerpo frente al de ella para obstaculizar cualquier contacto.

—Me lo has debido decir, mamá —contestó mi hija, en sus ojos por primera vez vi sublevación.

—¿Decirte qué? ¡Estás loca! ¿Qué estás haciendo aquí? ¡Pareces una cualquiera, escapándote en medio de la noche para estar con este chico que ni siquiera conoces! —dije tratando de llegar a ella mientras el chico se interponía haciendo fuerza entre las dos.

Nunca había visto a mi hija tan endiablada, su pelo parecía haber crecido desmesurado y con el fuego alumbrándola asemejaba a un animal herido.

—Me has mentido. Mi papá no está muerto y si hasta tengo un hermano —dijo, estaba furiosa. Yo casi no podía entender lo que estaba sucediendo.

Mientras buscaba qué decir no me di cuenta de que las chicas corrían hacia el arenal y los hombres se unían a Philippe para alzar a Felicidad en vilo y llevársela con ellos. Alguien me debió haber dado un golpe porque del impacto caí al borde del fuego.

Felizmente no me golpeó tan fuerte y pude reaccionar cuando vi que mis sayonaras se prendían. Aunque lo cierto es que regresé a mi casa con una quemadura horrible en las piernas y sin mi Felicidad. Todos desaparecieron.

Cartas sobre la mesa

Estuve pegado a cada palabra que salía de la boca de Magdalena. Lo que contaba me transportaba a lugares tan desconocidos, los arenales danzando sus sequedades alrededor de su gente como si se tratase de batallones de moscas insertándose en los más pequeños valles de la piel, la pobreza que impide siquiera planear mañana con la seguridad de que así será, el sol que enceguece en medio de la oscuridad del alma, las emociones viscerales de seres de sangre tan caliente... Flotaba encima de la habitación, desde allí podía verlo todo, sentirlo todo, sufrirlo todo. Mis lágrimas caían como lluvia desde el techo hacia ella. No podía contenerme. Era como si me hubiesen arrebatado a mi también la hija que nunca tuve, el ser que en mi vida no parí.

Apenas terminó de hablar Magdalena, se hizo un silencio enfermante en la habitación. Mi corazón hacía piruetas en mi pecho, cortaba mi respiración, subía y bajaba desde las costillas hasta mi garganta, dolía con crudeza y luego se agitaba dentro de mi tórax como si un pez vivo quisiese salirse por mi garganta.

Los muebles parecían haberse movido hasta colocarse unos encimas de otros, cortándome la salida, cerca, tan cerca que hasta pensaba que no podía hacer ni un solo jodido movimiento sin arriesgar que algo cayese sobre los dos y nos aplastara, matándonos en un accidente inverosímil en un lugar en apariencia absolutamente seguro.

—¿¿¿Jordi??? ¿¿¿Gato??? ¿Qué te pasa? —podía escuchar a Magdalena llamándome desde lejos. Aunque la veía sentada a mi lado, su voz sonaba tan lejana.

Al ver que no reaccionaba, se acercó y empezó a sacudirme. Yo podía ver y sentir todo, pero no parecía querer reaccionar, no lograba regresar del agujero en el que estaba.

Fue el timbrar del teléfono el que me despertó de ese estado hipnótico y por fin me trajo al lado de Magdalena en cuerpo y alma.

—¿Qué pasó? —dijo Magdalena apenas vio que mi mirada volvió a su estado natural, que mis pupilas se achicaron a un tamaño regular. Todavía la escuchaba un poco lejos, la maldición del zumbido del *tinnitus* usurpaba el espacio en donde debía estar la voz de Magdalena, dificultando la total comprensión de lo dicho.

Me levanté y empecé a hacer movimientos con la mandíbula para tratar de despejar ese sonido de motores de fábrica que pienso es lo que me llevé conmigo de la última vez que vi a Sandra. Siempre aparecían bajito, como un zumbido que no molesta para nada, para luego ir incrementando y hacerse tan poderosos que hasta mi cuerpo tiembla del retumbar que se produce al serpentearme el rugir de todas las máquinas encendiéndose a mi alrededor.

De pronto sentí ese mareo de vértigo. Detestable Ménière de la puta que lo parió. Magdalena me recibió en sus brazos y me ayudó a recostarme. Ella estaba hablando, pero los motores en mi oído no me permitían escuchar lo que decía. No entendía por qué reaccioné tan fuerte a su historia. Por lo general, la desgracia de otros es mi tesoro.

El mareo se convirtió en náusea y estaba por correr hacia el baño cuando Magdalena regresó con un vaso colmado con agua. Pero en lugar de dármelo en la mano, me lo tiró en el rostro. Cuando la miré, ella tenía la cara de alguien que estaba tratando de apagar un fuego que amenazaba con quemar todo a su alrededor en un santiamén.

Por increíble que parezca, el agua helada pegándome en el rostro me hizo aterrizar por fin y desenchufó los rugidos de motores en mi mente. Me sentí agradecido.

—¿Qué pasó? —repitió Magdalena suspirando de alivio cuando se dio cuenta que sea lo que fuere que me sucedió parecía ser historia antigua para nosotros.

—Lo siento… disculpa… no quise asustarte… —dije—. Para entender la escena, la mayoría de los escritores logramos ponernos en ella, vivirla a través de nuestros sentidos y nuestros sentimientos. Es como abrir una puerta en una dimensión paralela. Casi siempre uno puede salir de allí sin ningún problema. Aunque a veces, muy pocas, uno se puede quedar trancado y dejar el momento que estamos viviendo en una narración puede volverse casi imposible. Esta vez tú me rescataste —sonreí tratando de tranquilizarla.

—El teléfono sonó —se acordó de decirme o simplemente no quería conversar más de aquel extraño episodio.

—¿El teléfono? —contesté. Recordaba algo, pero aquel ataque de tinnitus y vértigo me agotaron al punto que solo podía enfocarme en lo que ella compartió conmigo.

—Sí —repitió ella y me pasó el celular.

Miré el aparato todavía un poco mareado. Busqué mis anteojos para leer lo que decía la pantalla: "Llamada perdida: Franklin Nesmann".

—¿Quién es Franklin? —preguntó Magdalena. La verdad que no vi cuándo se puso detrás de mí.

—Es un amigo nuestro. Nos está ayudando… —mentí y por un instante vi el rostro de Sandra en el de Magdalena, y no pude evitar que un espasmo forzase un sacudón involuntario en mi mano derecha. Las corrientes eléctricas de las emociones a veces hacen lo que les da la gana y en esta ocasión me estaban delatando frente a la persona que yo deseaba impresionar.

Traté de recobrar mi compostura, aunque concedo que era difícil al tener a Magdalena todavía tan cerca de mí, tratando sin mucho éxito de contener los lagrimones que no acababan de bajar por sus mejillas y empapar con descaro todo el frente de su vestimenta.

No podía decidir si abrazarla o conectar con Franklin. Temía darle demasiadas esperanzas si le mostraba afecto y por otro lado me fastidiaba la idea de llamar a mi investigador para enterarme de que seguíamos en nada con respecto a la verdadera identidad de Magdalena. Su historia parecía verídica. Nada de lo que dijo me dio la impresión de que estuviese tratando de adornar los hechos con la idea de hacer el paquete más atractivo a mis ojos. A primera vista, tendríamos que buscar al tal Philippe Johnson II y averiguar si tal vez sacó a Felicidad del país porque de pronto quiso ser su padre... Caso limpio y sencillo visto desde afuera. El problema es que nada es lo que parece, en especial si todo se siente demasiado fácil.

Mientras yo me dejaba tragar por el laberinto de mis pensamientos, Magdalena se sentó muy cerca de mí, mirándome con esos ojos de negrura impenetrable como si pudiese leer en los míos las opciones sopesadas. Era el momento de decidir. Tanto ella como yo teníamos que poner todas las cartas sobre la mesa y zanjar para dónde queríamos ir, de parte de quién queríamos estar.

—Franklin es un investigador privado. Lo uso con frecuencia cuando empiezo a juntar las partes de una novela. Es quien me dice quién es quién y qué es qué —dije contrito por mi previa mentira.

—¿Estará averiguando dónde está mi hija? —contestó ella con un dejo de alegría.

—Tal vez —contesté un poco seco.

—¿Tal vez? ¿Por qué tal vez? ¿No me crees? ¿Es eso? —dijo arrancando a sollozar quedito.

Yo no encontraba las palabras que quería usar. ¿De qué sirve ser escritor si las palabras exactas, precisas y perfectas no llegan a ti cuando las convocas?

Magdalena tomó su bolso y sin decir nada me dio una mirada enrabiada y luego procedió a depositar el contenido íntegro de kilos de "cosas" en el espacio que mediaba entre los dos. Luego se puso a escarbar hasta que encontró lo que buscaba: eran varias fotos de Felicidad, de esas a la antigua, tomadas con rollo de la Kodak, desarrolladas en laboratorio fotográfico de pueblo e impresas en papel lustroso con bordes blancos. En efecto, se veían en varias épocas e instancias. Sí, podrían ser madre e hija.

—¿Me crees ahora? —susurró mientras acariciaba una foto que mostraba a su hija ya señorita en la plaza de armas de Catacaos, cerca del tamarindo.

—Te creo —le dije, y de pronto me llamó la atención una que sobresalía de entre las cosas del bolso pero que Magdalena no me mostró. La tomé y pregunté—: Y este, ¿quién es?

—Ese es Philippe Johnson II, el padre de Felicidad, cuando todavía éramos inocentes —dijo y por sus mejillas pasó el rojo oscuro de quien siente vergüenza por los pecados de otro.

—¿Quién eres tú, Magdalena Santander? No existes en este país. Franklin no te puede encontrar —contesté.

Magdalena me miró como si no entendiera para qué preguntaba acerca de ella.

—Yo soy nadie. Soy una madre en busca de su hija. ¿No te basta con saber eso?

—Es que….

—El día en que verdad necesites saber quién soy yo, en términos de identidad legal, te lo diré con todo gusto. Pero hasta entonces me siento mejor si nos enfocamos en lo que realmente importa: encontrar a

Felicidad y a las otras tres chicas desaparecidas. ¿Lo entiendes?

Asentí. Si quería tomar el caso y escribir el libro tenía que desprenderme de algunas de mis reglas. Por el momento, eso sí.

Sonó el teléfono.

—Es Franklin —dijo Magdalena sin siquiera haber visto la pantalla del celular.

—¿Que eres bruja también? —bromeé y luego quedé pasmado al ver que era Franklin quien llamaba.

—Podría ser un poco bruja, pero esto es simple deducción... —Y me miró como rogando y yo la miré como prometiéndole—. ¿Franklin? —contesté. No te preocupes por Magdalena. Por ahora tenemos que concentrarnos en encontrar a un tal Philippe Johnson II. Dirección, información acerca de él... todo lo que puedas... *the works*... bien detallado... Pon eso en el horno y me informas *ASAP*. Ya te explico acerca de Magdalena más adelante...

—¿Seguro, *bro*? Ya sabes que te enganchas y te haces melaza y no hay quien te despegue de esas mujeres vividoras... Acuérdate de Sandra, que te dejó hecho puré de lamentaciones...

—Seguro. Créeme. Magdalena es diferente. Hablamos... ¿cuándo crees?

—Dame un par de días. El reporte te esperará en...

—¿En...?

—¿En dónde estás en dos días? Despierta Jordi, ¿ya ves que ni estás pensando?

—¡Ah! ¡Eso! Debo estar en Albuquerque, de allí Phoenix y luego la costa oeste. ¡Qué felicidad dejar el frío atrás! ¡Ya me tiene de la PM! —dije y sonreí al darme cuenta del clima más amigable que nos esperaba pronto. Territorio neutral en donde las palabras tenían la esperanza de regresar a la actividad luego del congelante invierno.

El camino hacia Albuquerque

Algo cambió entre nosotros esa noche en Denver. Yo le abrí mi alma de par en par para que él pudiese deambular por cualquiera de sus calles, plazas y escondrijos, tocando con sus callosas manos de hombre cualquiera de mis sensibilidades hasta horadar con su curiosidad todos los embalajes y dejarme totalmente expuesta; y él me ofreció descanso para mis desangradas emociones de madre huérfana. Sin saberlo, cada uno consiguió una tregua de sus preocupaciones más dolorosas para fijar la mente en el delicado objetivo de la búsqueda de mi niña y sus compañeras.

Dormimos juntos la noche anterior. Como dos pajarillos exhaustos de surcar el cielo para guarecernos de la tormenta que eterna nos persigue, en algún momento dejamos de decirnos nada y, sin palabras que intercambiar, el silencio nos cobijó; y postrados en el pequeño sillón caímos rendidos, cabeza contra cabeza, cabellos mezclándose en la oscuridad, brazo derecho calentándose al fuego del brazo izquierdo, aliento de hombre y mujer fusionados a la altura de las bocas, labios esperando el beso que pasa como un murmullo del corazón ávido de querer y ser querido.

Cuando despertamos fue como abrir los ojos a la silueta de una amistad efímera, en ese preciso instante, pero no por ello menos sólida. Era como verse de nuevo con un hermano que creíamos perdido: todo es nuevo y a la vez tan indisoluble como siempre fue.

En silencio di las gracias por el terreno ganado hasta ese capítulo y me preparé para lo que venía en adelante, oportunidades y deficiencias por igual.

Un ambiente de excitación nos envolvió mientras sentados a la mesa del desayuno trazamos planes que parecían menospreciar insuperables obstáculos y nos llevaban hacia el premio mayor casi sin ofrecer la más mínima resistencia. Todos los esfuerzos pagados en moneda del día. Dejamos que fuese así, llenar los pulmones del aire limpio del entusiasmo era una absoluta necesidad para sobrevivir los golpes del duro camino al que salíamos ese día. De vez en cuando tienes que ser necio para triunfar. Si nos dejáramos llevar por el miedo que en verdad sentimos nunca podríamos lograr nada, el terror nos paralizaría, no disfrutaríamos del dulce néctar que solo se obtiene al convencer al temor de hacerse a un lado para dejarnos pasar con dirección a la oscuridad.

Encontré en Jordi un tipo genial. Se veía que tenía experiencia en planear sus movimientos. Mi confianza en él creció con cada idea que exponía. Yo veía a mi Felicidad acercarse y él a su nueva novela. Cada uno tenía una buena razón para lograr el éxito.

Poco a poco el comedor del hotel se fue desocupando y cuando me fijé, estábamos solos, migas de pan rodeándonos y tazas de café vacías. Jordi me miró por un instante, pausó en mis ojos, escribió algún nuevo apunte y cerró su cuaderno.

—¿Vamos? —preguntó como si eso dependiera solamente de mí. Su intensidad me decía que se pasó con la cafeína.

—Claro. Yo estoy lista. Voy a encender el carro y te espero en la puerta —contesté y levantándome me coloqué la casaca y luego el gorro de lana y la chalina, y al final los guantes... los pesados guantes que ralentizaban los movimientos, como si tus dedos estuviesen deprimidos o algo así de dramático.

—Estás igualita que el día que te conocí —dijo refiriéndose a esa primera noche en que osé irrumpir en su vida—. ¿Cómo sabías?   —dijo intentando una sonrisa que más bien me supo a melancolía.

—¿Cómo sabía qué? —contesté haciéndome la que no entendía.

—Que mordería el anzuelo...

—No sabía... pero no tenía nada que perder. Y esa es una posición perfecta para hacer cosas que normalmente no harías...

Al terminar de decir lo poco que tenía que decir me di media vuelta para salir del comedor y empezar la jornada. Albuquerque no quedaba tan cerca.

Estaba acomodándome en el asiento de piloto, estudiando la ruta, cuando por fin Jordi apareció disfrazado de "el abominable hombre de las nieves". Meses habían pasado desde que llegué a Estados Unidos, pero, la verdad, así fuesen años, nunca me acostumbraría a la pesadilla de vestirse con capas sobre capas de ropa en el invierno… ¡y luego sacarse todo al llegar a cada sitio! Extrañaba poder agarrar lo primero que encontrase encima de la silla, ponérmelo, saltar dentro de las chancletas y salir… tal cual, casi siempre recién salida de la ducha de manera que el cuerpo y el cabello mojado sirviesen como enfriador.

Jordi abrió la puerta, tiró sus cosas atrás y se dejó caer sobre el asiento de copiloto. Sus anteojos se empañaron por el contraste del aire frío de afuera con el aire acondicionado de la calefacción. Riéndose, se los sacó para limpiarlos y el vapor de su boca se convirtió en una nube pequeñita que fue a parar en el parabrisas. Instintivamente, los dos nos inclinamos para limpiar la humedad del interior del vidrio con nuestras mangas.

Al cabo de unos minutos, todas las maniobras para salir acabaron y, ajustándome el cinturón, puse las noticias en la radio, miré a Jordi, quien ya se encontraba meditabundo, y sonriendo por la oportunidad di las gracias por dentro e inicié el retroceso para salir de aquel estacionamiento. Paso número uno para empezar algo importante: salir de donde estás parada.

Una vez que estuvimos en la carretera, Jordi tomó un sorbo de su café y me miró inquisitivo.

Primero lo ignoré. Deseaba que todo fuese perfecto en aquel viaje. No quería incitar ningún tipo de confrontación mientras estuviéramos en el carro. Al cabo de un rato su silenciosa mirada clavada en mí me empezó a irritar. Hasta que no pude más y tuve que preguntar:

—¿Qué? —pregunté volteando a confrontarlo.

—Nada... —contestó el regresando su vista al café. A veces me parecía que yo lo intimidaba.

Cuando finalmente regresamos a nuestras posiciones anteriores: yo manejando y él tamborileando sus dedos en la taza descartable, Jordi empezó a silbar una tonadilla que yo desconocía mientras de nuevo me miraba como queriendo decir algo.

—¿Qué? —pregunté otra vez. No me importaba empezar una conversación. Después de todo, el camino era bastante monótono y solitario.

Parece que entonces se animó a hablar:

—¿Cómo diste conmigo?

—No entiendo...

—Después de lo que me contaste, sé por qué quisiste conocerme. Pero todavía no entiendo qué te hizo elegirme... qué te hizo buscar a un escritor... ¿por qué no la policía? ¿Por qué yo?

Volteé por un segundo y al cruzar miradas me di cuenta de que hasta entonces sólo estuve pensando en mí, en lo que yo quería, en lo que necesitaba de él. No se me ocurrió que debería empezar por el comienzo.

—Un sueño premonitorio me llevó hasta ti.

—¿Un sueño premonitorio?

—En verdad tres. Deja que te cuente. Una madrugada cantó el gallo a una hora inesperada y me desperté, aunque en verdad soñé que me desperté. Abrí los ojos y en mi entresueño vi la silueta de una persona con las manos abiertas hacia mí. Algo brillaba en sus manos, lo cual no me permitía ver su rostro. Tenía una voz tan fuerte que me despertó del todo. Me dijo: «No te preocupes. Todo va a cambiar». Al día siguiente tuve otro sueño. Vi una mesa. Era sencilla, simplemente un tablón de madera y cuatro patas. Parecía una mesa para desayuno. Encima de la mesa había una ruma de páginas en blanco. Arriba de las hojas se sentaba un lapicero. Al comienzo no entendí el mensaje. De alguna manera pensé que lo que vi significaba que yo debía escribir algo. Pero a pesar de que traté una y otra vez de hacerlo, al final abandoné la idea. Más adelante tuve un tercer sueño, vi a la misma persona del primer sueño escribiendo un libro. Esta vez en lugar de una silueta vi con toda claridad, casi como si estuviese frente a mí en la vida real, a un hombre barbudo de ojos verdes y pelo negro ensortijado. Cuando se lo conté a mi mamá, ella me respondió muy seria que lo que los sueños trataban de decirme era que buscara a un escritor. Así que corrí a la biblioteca de mi pueblo y le conté a la señorita Diana lo de los tres sueños. Ella pensó que de seguro necesitaba un escritor conocido, así que me dio unos nombres y me recomendó ir a Lima para hablarles directamente. El primero se rio del tema de los sueños. El segundo me dijo que estaba demasiado ocupado. El tercero me dio una mirada y me contestó que esas no eran maneras de presentarse a pedir un favor. El cuarto pensó que venía a mendigar cuando traté de acercarme a su mesa en un restaurante. El quinto sí me llegó a escuchar, pero me dijo que sería mejor que fuese a la policía y pusiese una denuncia. Y el sexto… el sexto tampoco me quiso ayudar, pero fue el único que dijo algo interesante: «Lo que necesitas es un escritor de misterio. Vete a Estados Unidos, que allá está tu hija y la persona que te ayudará». Cuando por fin crucé la frontera, de indocumentada, como ya sospecharás, fui a casa de mi amiga Mayte en Iowa. Lo que pensamos que lograríamos en unos pocos días se convirtió en una indagación que se alargó varias semanas. Y no fue en la biblioteca donde te encontramos, sino en la televisión.

—¿En la tele? —preguntó confundido.

—¡Sí, Gua! Shhhh…. Te cuento… Una noche, ya tarde, estaba yo echada en un sillón viendo tele, pasando de canal en canal sin encontrar nada que me provocase ver. De pronto me encontré en la pantalla contigo, con Jordi Ferrer. Escritor de novelas de misterio basadas en hechos reales, sobre todo crímenes. En la entrevista decías que tus investigaciones te llevaban a encontrar pistas que a veces ni siquiera los mismos detectives encontraban.

—Vale. ¿Y eso te hizo decidir por mí?

—Eso y, lo más importante, que tenías el rostro del hombre que yo vi en mis sueños. ¡No podía ser de otra manera!

—Claro —dijo sarcástico—. No podía ser de otra manera. ¡Soy un sueño hecho realidad!

Y los dos reímos hasta que nos dio hipo.

Las noticias del día

Al llegar a Nuevo México pensé que Magdalena empezó a aburrirse de manejar en un paisaje que no daba tregua a la vista con lo mismo y lo mismo y lo mismo; pero luego me enteré que estaba feliz porque le hacía recordar al desierto de Sechura, en donde todo es el mismo marrón arenoso entrecortado por pueblitos de cinco cuadras y pocas ciudades de importancia, kilómetros de aridez que dan sed de solo pensarlo, puntuados por antenas televisivas en todas las casitas, por más humildes que fueran, con el telón de fondo de las montañas que dan paso a los Andes.

De pronto sentí que Magdalena se meneaba incómoda en su asiento. Volteé a verla y en efecto noté que algo la fastidiaba, que cambiaba de posición tratando de acomodarse como si sintiese mortificada.

—¿Qué pasa? —pregunté—. ¿Estás cansada? ¿Se te durmieron las piernas o los brazos? ¿Quieres que yo maneje?

—No es eso —contestó y se movió de nuevo con nerviosismo.

—¿Entonces?

—¡Que me la hago! —dijo y detuvo el auto en el mismo momento, haciendo las llantas chillar al frenar de tal manera que los dos nos golpeamos un poco contra la consola delantera. Luego, saltó de la cabina y, antes de que yo pudiese decir nada, corrió hacia el parachoques trasero, se bajó el pantalón y la ropa interior, y, acomodándose como pudo, orinó allí mismo.

Cuando regresó traía una sonrisa de satisfacción gigantesca y yo la miré sin poder creer lo que acababa de hacer.

—¿Cómo se te ocurre? ¡Para eso hay baños públicos a lo largo de la carretera! —la increpé.

Ella me miró y me dio la arqueada de ceja mientras se acomodaba el cinturón de seguridad.

—No podía aguantar. Aparte, que eres muy gringo. No le pasa nada al desierto por un poco de pila. Deberías tratar ahora mismo. El aire está fuerte y te zamaquea un poco, así que es difícil mantener la posición; pero ¡no sabes la delicia de pararte en esta inmensidad y dejar una parte de ti!

Le iba a contestar algo acerca de los modales y de cuidar a nuestro mundo, y que si nos agarraba la policía nos daban una papeleta cuando mi teléfono sonó. Era Franklin.

—Dime Franklin. ¿Encontraste algo?

Magdalena iba a arrancar el carro, pero al escuchar el nombre de Franklin se puso a hacerme muecas para que lo pusiera en *speaker*.

—Todavía poco, aunque el nombre sí lleva a pistas.

—Estás en altavoz. Magdalena está aquí —le advertí mientras lo ponía en altoparlante.

—¿Magdalena? ¿La Magdalena? —contestó Franklin con nerviosismo.

—Soy yo, soy yo —intervino cantarina ella—. Gracias por ayudarme, Franklin, no sabes cómo te lo agradezco —agregó con esa voz inocente que me fascinaba.

—Ahhh! —contestó Franklin. Yo podía sentir la duda en su voz—. *Is it okay to talk?* —preguntó para cerciorarse que yo estaba de acuerdo con que Magdalena escuchase.

—*Okay*, habla en castellano, no hay problema —contesté y casi sin querer pasé mi mano sobre la de ella como en un símbolo de confianza.

—Bueno, el tal Philippe Johnson II sí existe, y también Philippe Johnson abuelo y el nieto, que es Philippe Johnson III. El problema es que es una familia muy adinerada en Connecticut.

Magdalena me miró entristecida. Lo que ella entendía por "familia adinerada" era estirpe impenetrable, amurallada, hermética. Y estaba en lo cierto. El poder del dinero compra privacidad y eso es bastante difícil de franquear.

—Si no fuese por mi abuela, todo estaría tal cual —susurró Magdalena.

—¿Su abuela? —preguntó Franklin.

—Es que su abuela estuvo en comunicación con el padre de la hija de Magdalena. Él le mandaba plata de vez en cuando y estaba enterado de todo lo que pasaba.

—*Bro*… yo necesito que me des los *deets*.

—¡Hombre! ¡Disculpa! Nosotros aquí hablando como si estuvieses enterado de todo lo que está pasando, mientras que tú solo sabes el nombre del que se llevó a la Felicidad de Magdalena...

—¿Alguien se robó su felicidad? ¿Estás borracho? ¿De qué hablas? —se exasperó.

Magdalena y yo rompimos a reír.

—Felicidad es mi hija. Philippe Johnson II me... ummmm... ¿cómo te explico? —pausó como para tratar de buscar palabras que no fuesen toscas—. Me... uhhhh... Mira: no hay manera de decir esto bonito. Philippe Johnson II me mintió, me sedujo, tuvo relaciones conmigo y me dejó embarazada cuando yo tenía quince. Felicidad es la hija que di a luz nueve meses después.

—Ya veo. Lo siento —dijo Franklin.

—No lo sientas —contestó Magdalena—. Hasta allí la historia tiene un final feliz. Quince años después, ese hijo de su mamacita regresó a mi pueblo en Perú con su hijo, Philippe Johnson III, quien se hizo amigo de Felicidad y poco después le reveló la verdad acerca de su padre; lo cual supongo que fue un choque terrible porque mi hija pensaba que era huérfana. Cuando yo los confronté, los amigos del chico me levantaron la mano; y cuando desperté, ninguno de ellos estaba... y yo me estaba quemando en la fogata donde caí durante la pelea.

—Qué bravo, *bro*.

—El día que Magdalena perdió su virginidad, otras tres chicas de su pueblo pasaron por lo mismo, estuvieron embarazadas y dieron a luz al mismo tiempo que ella, y sus hijas desaparecieron junto con Felicidad —agregué.

—Ya veo tu interés, Jordi —dijo Franklin—. Gracias por pintarme el paisaje completo. Me siento mejor preparado para hacer mis indagaciones. Te llamo cuando estés por la costa oeste.

Cuando colgué, Magdalena lloraba abrazada al timón.

Sueños recurrentes

Era como si algo se hubiese vuelto a romper en mi corazón. Una cosa es pensar en algo de manera abstracta, o en titulares, para explicarlo en términos sencillos, y otra muy distinta es revivir todas las escenas. Sentía que no podía respirar, que lo que logré pegar por encima se rompía de adentro hacia afuera, como si una avalancha de emociones se hubiese podido reprimir dentro de un jarrón pequeño y ahora se desbordase por todos lados hasta hacer añicos a ese contenedor y salir con una fuerza que te noquea los sentidos e inunda todas tus cavidades con el lodo del pasado.

No lo podía evitar. Ya no. Una puede permanecer sólida hasta cierto punto, y luego tiene que procesarlo todo como si fuera la primera vez. Llegaba el momento de dejarme matar, una vez más, de permitir que mis entrañas regresaran al polvo de donde vinieron, de mostrarme tal cual era frente a Jordi y rezar que aquello no lo espantara.

Un ataque de pánico siguió al caudal de emociones que se sucedieron con rapidez una vez que mi alma no pudo lidiar más con la realidad. El corazón me palpitaba con fuerza y aun y cuando entendía que podía respirar no podía sentir que inhalaba o expiraba, y mis ojos se distendían ante el esfuerzo que coger aire le presentaba a mi cuerpo, y yo sentía que tal vez no valía la pena hacerlo.

—Magdalena… Mírame… mírame a los ojos —escuché a Jordi llamándome. Era como si estuviera tan lejos, aún cuando lo podía ver sentado al lado mío. Volteé mi rostro para tratar de enfocarme en él: una balsa de rescate en el mar embravecido—. Magdalena: háblame de Catacaos…cuéntame de tu pueblo… dime cómo fue crecer allí… Respira…

Quería dejarme ir. Morir en ese otro desierto tan lejos de casa y de mi Felicidad. Contener la respiración hasta que no la necesitase más porque los ángeles me tuvieron compasión y me llevaron con ellos. Y fue en medio de esa turbulencia, cuando podía sentir el remolino final cerca de mí, que recordé mi misión y entonces no me fue difícil regresar.

Inhalé un largo sorbo de aire y cuando lo sentí bajar y llenarme de vida nueva pude exhalar hasta la más mínima duda, vacilación e incertidumbre que permití ingresar en mi mente.

Miré a Jordi, siempre con esa sonrisa apacible, calmosa, y la inundación en mi cuerpo rescindió.

—Jordi… —traté de formular algún tipo de verborrea para explicar lo sucedido, pero en esas piscinas verdes que eran sus ojos pude ver que no había necesidad, que él entendía mi sufrimiento porque él también en su tiempo había sufrido—. Gracias —dije sintiendo ese agradecimiento en mí. Y lo tomé brevemente de la mano.

—¿Vas a estar bien? —quiso confirmar.

—Mejor que antes —aseguré mientras me secaba las lágrimas, me acomodaba en el asiento y arrancaba.

En el camino conversamos de muchas cosas, pero sobre todo de sueños recurrentes. Jordi se impresionó cuando le dije que yo lo encontré gracias a un sueño premonitorio y me preguntó si a veces soñaba las mismas cosas. Yo le dije que sí, que le parecería increíble pero que muchas veces se me repetía uno casi con las mismas escenas y hasta el mismo lugar.

—En Catacaos vivimos en una casita muy humilde, solo a medio construir para que la municipalidad no nos cobre como terminada... es un truquito que se puede hacer en mi país. Bueno, la cosa es que, en este sueño, que aparece bastantes noches, o sea que se repite, como dices, estoy en una casa que no conozco bien. Esta sí es una casa que se ha terminado de construir y es grandota, así que imagino que estará en un barrio bonito. Yo sé que hay una fiesta en la casa, pero no puedo llegar al salón donde están los invitados y la comida, escucho la música desde lejos y paso por habitaciones y más habitaciones, y muchas puertas, y escaleras que van para arriba y para abajo. Las escaleras a veces no están terminadas, no tienen baranda o no están pintadas como debiera ser. Yo me la paso caminando, buscando cómo llegar a la fiesta, me encuentro con tinieblas y cajas contra las que me tropiezo.

—¿Alguna vez llegas a la fiesta? —Jordi interrumpió. Creo que sentía la misma frustración que yo siento en mi sueño.

—Esa es la cosa: sí… pero es horrible…

—¿Horrible? ¿La fiesta?

—No. ¡Gua! Que cuando por fin los encuentro y veo otra escena del sueño, a la luz, estoy sentada en un retrete en medio de la sala… ¿Qué crees que pueda significar eso?

Me miró todo serio y luego dijo:

—¡Que estás cagada!

Encuentros por asociación

Albuquerque por fin se acercaba. Faltaban unos cien kilómetros por recorrer y pronto estaríamos en el bar del hotel, disfrutando el ambiente y tratando de enfocarnos en los siguientes días. Sintiéndome en una nota bastante positiva, luego de que tanto Magdalena como yo tuvimos nuestro respectivo patatús emotivo, la lengua se me destrabó como nunca.

Me tocaba el timón y también alentar a Magdalena. Así que se me ocurrió pensar en voz alta con ella.

—Lo que tú dijiste, que me encontraste debido a un sueño premonitorio… y que luego ataste los cabos hasta que por fin diste conmigo…

—¿Qué? Que no crees en eso, ¿di? —contestó y se tensó un poco. Yo pensé que al decirle lo de "estar cagada" le demostré que nuestras puertas estaban interconectadas por siempre, que me sentía libre de hablar así delante de ella, que no quería que únicamente fuésemos socios de aventura, una transacción y nada más; si no que frente a ella la desnudez era catártica y por ello no quería que nuestro viaje se terminase nunca.

—Claro que te creo. Disculpa si me puse sarcástico antes. A veces, cuando busco protegerme de lo que no entiendo, aparece mi lado burlón —dije y traté de poner mi mano encima de la de ella, sobre la consola del carro, pero Magdalena se puso nerviosa y retiró la suya—. Perdona —repliqué de inmediato a su movimiento—. No sé cómo comportarme a veces…

—No te preocupes. ¿Qué querías decirme antes? —preguntó mientras se agarraba una mano con la otra tratando de mantenerlas quietas sobre su regazo.

—Que, eso, que hiciste bien en asociar una cosa con la otra, encontrando migajas de pan, claves, que te llevaron de lo uno a lo otro hasta que decidiste que yo era el escritor que precisabas para encontrar a tu hija.

—Es que te vi en el sueño. No fue mi decisión si te vi clarito.

—Sí, sí, claro —tartamudeé. A veces me sentía tan desarmado por su sencillez, su franca brutalidad para decir las cosas tal como le venían a la mente—. No, es que lo que quería decir era que los escritores hacemos eso bastante…

—¿Hacen qué?

—Buscar claves, asociar una cosa con la otra, pintar un cuadro completo.

—Ah, ya veo.

—Sobre todo, los que escribimos de hechos de la vida real. Más incluso si, como en mi caso, somos parte de alguna manera del caso en sí.

—Detente —Magdalena dijo. Parecía seria.

—¿Te sientes mal o algo? —pregunté. Todavía faltaban unos cincuenta kilómetros y no me gustaba la

idea de parar en una carretera solitaria al inicio del atardecer. Con mi vista, prefería manejar solo de día.

—Detente —volvió a decir y apuntó hacia el terral que era la berma.

Esta vez empecé a desacelerar y apenas pude me cuadré

Magdalena buscó en su bolso, sacó su billetera y de ella sacó una fotografía y me la mostró:

—Ella no es una asociación de palabras o parte de un cuadro incompleto. Es mi hija. Está desaparecida desde hace tiempo. Yo no tengo idea de dónde puede estar y si está bien o no. Ni siquiera sé si está viva o no. ¡Así que te metes por la cabeza que lo primero es encontrar a Felicidad y luego hablaremos de tu libro! ¿Entendido? —gritó entre dientes, como si hacerlo le costase mucho.

—Vale… vale… —contesté asustado—. Solo quería explicarte cómo trabajamos Franklin y yo, y tal vez advertirte que tienes que ser muy paciente mientras ponemos todas las piezas juntas… Y disculpa que hable de tu hija de esa manera tan fría, pero no puedo involucrarme emocionalmente o si no terminaré tomando decisiones que pudieran no ser convenientes —coloqué su mano entre las mías y esta vez sí se quedó—. Mira: yo no tengo hijos y nunca he pasado por algo tan terrible, pero tienes que confiar. La vamos a encontrar —le dije y cuando pausé me encontré con la intensidad de su mirada y ella abrazándome.

—Discúlpame a mí, más bien. Debería ser más agradecida. Perdí el control y me siento muy avergonzada —susurró a mi oído y sentí sus lágrimas mojando mi cuello.

Piezas de una vida fracturada

No me di cuenta cuándo sucedió, pero de pronto el abrazo fraternal se convirtió en uno de pareja, amoroso, impulsivo, irresistible. Sus manos sobre mi nuca, avanzando hacia el este y hacia el oeste, hacia el norte y hacia el sur, despertando mi cuerpo que hasta entonces solo sabía vestir el vestido de madre, transformándome en mujer, agudizando mis sentidos hasta el punto de poder relajarme y perderme en su pecho, en sus labios, en sus ojos, en sus brazos.

La pasión ascendía en la voluptuosidad de mi ser junto con la luna que se llenaba de luz. El calor de esa embriaguez peregrina bullía de cada poro de mi piel, la sal de las lágrimas se trastocó en sal del ardor. No podía, no quería, dejar de tocarlo, de sentirlo, de palpar su palpitar sudoroso, masculino, primitivo. Se desvanecía la niña que quedó traumada a los quince para dar lugar a la hembra que emergía sensual de los vestigios de una vida que no fue.

Jordi miró su reloj y la magia del instante se esfumó. Estábamos tarde para llegar a Albuquerque. Felizmente, lo único que tocaba hacer era la presentación al día siguiente. Aun así, al vernos despeinados y calados en sudor en medio de la noche, sin decirnos nada retomamos el camino.

—Cuéntame de Catacaos —dijo solícito, como queriendo destruir la muralla de silencio de vergonzosa procedencia que me envolvía como una manta pesada.

Lo miré y sonreí por su intervención salvadora.

—¿Qué quieres que te cuente? —pregunté—. Es un pueblito en una provincia...

—Lo que quieras —dijo Jordi con entusiasmo al ver que yo me hacía inmediatamente disponible, que acataba su tregua a mis dudas acerca de la moralidad de lo que acabábamos de hacer con todo gusto—. Nunca he estado en un desierto, ¿sabes? No en uno como el tuyo.

—Bueno, no creo que sea diferente de otros, pero yo adoro a mi tierra. Somos más como un matriarcado en mi casa. Puras mujeres, pues. Estamos mi abuela, mi mamá, yo y Felicidad. Desde chiquita aprendí cómo hacerme útil, cómo ayudar con las artesanías. Cuando tenía seis la abuela me enseñó a tejer la paja. Corta los dedos, ¿sabes? En Catacaos se hace la mayoría de la artesanía de Piura y los turistas van hasta allá justo para comprar. Uno se puede reunir en grupos grandes para tejer la paja, es algo que se hace por lo general en una comunidad de mujeres, así que es algo bastante social. Uno teje y conversa, la pasas muy bien.

—¿Quién imponía la disciplina, tu mamá o tu abuela? —interrumpió y al voltear a mirarlo vi que hacía apuntes, pero decidí no decir nada por el momento.

—Las dos por igual. Pero no era por ser estrictas si no porque podían ver los peligros que le acechan a una chica como yo.

—¿Una chica bonita? —dijo, y cuando pasó sus dedos por entre mis cabellos me estremecí.

—Si tú lo dices… —quise enfocarme en sus palabras.

—No, en serio, ¿cómo era ser pobre?

—No me vas a creer, pero igual te lo digo: para mí no era tan horrible como algunos se imaginan. Crecer en la familia que crecí, no lo cambiaría por nada del mundo, tienes tantos momentos bonitos casi todos los días que, a pesar de las dificultades que aparecen cuando el dinero falta, no lo cambiaría por nada. ¿Por qué quieres saber?

—Es que eres tan diferente a mí. Me fascina escucharte, es como que vienes de un mundo infinitamente desconocido.

—¿Me estás llamando bicho raro? —le dije medio en broma, medio en serio

—¿Tú? ¡No! ¡Al contrario! Son tus diferencias lo que te hacen atractiva.

—Y las tuyas, ¿no?

—Claro que sí, en ese caso todos somos atractivos para alguien que no ha vivido lo que nosotros.

Me sentí un poco desarmada por sus palabras. Todo lo que Jordi decía a mí me parecía interesante. ¡Y su acento español me encantaba! ¿Era eso lo que me atraía a él? ¿O el hecho de que me ayudaría a encontrar a Felicidad? ¿O la rareza de que era el primer hombre con el que tenía intimidad quince años después de Philippe?

—Te casaste después de lo de tu hija?

Me ruboricé. ¿Cómo se le ocurrió preguntar justo lo que yo estaba pensando?

—No…

—¿Por qué? Todavía estabas joven…

—Porque quién se casa con una chica que ya viene con tanta carga…

—¿Por qué no? Si te quieren por ti misma.

—¡No sabes nada de pueblos chicos!

—¿Infierno grande?

—¡Exacto! Aparte, si es tan importante: ¿por qué tú no estás casado?

Me miró con pánico, como si alguien de repente le hubiese bajado los pantalones en público.

—Hubo un conato…

—¿…?

—Intentona… atentado… casi casi…

—¿Y?

—Pues nada, que no y ya.

—Lo mismo aquí: que no y ya —dije tratando de imitar su acento.

La costa este

Un mensaje de Franklin nos esperaba al llegar a Albuquerque. Era un fax con un dibujo que me enviaba cuando quería darme a entender que teníamos que tener una conversación larga y en privado. El dibujo era un *doodle* de un corredor alistándose para empezar una carrera. Por lo general Franklin dibujaba algo acerca del caso, algo que él sabía pero yo todavía no. Era su manera de decirme que todo estaba listo y que mejor me apuraba en llamar o empezaría sin mí. Lo cual a mí me enfurecía. En este caso dibujó una casona en la cima de una montaña verde y escarpada y a nosotros en un sendero arbolado abajo, mirando para arriba con miradas expectantes. Abajo ponía únicamente: "1   2   3".

Magdalena lo miró y me preguntó:

—¿Y esto?

—Franklin tiene algo —le contesté escueto y la apuré para terminar de registrarse y subir a la habitación. Esta vez pedimos solo una. Imaginé que pasaríamos la noche hablando de los próximos pasos.

Magdalena no contestó nada y más bien se apegó a las indicaciones que le fui dando. Era como si entendiera que renegar solo alargaría la espera para enterarse de lo que Franklin había averiguado.

Subimos en el elevador en silencio hasta el cuarto piso y sin intercambiar palabra continuamos por el pasillo de luces amarillentas y alfombras raídas con los conocidos diseños "persas" hasta llegar a la alcoba asignada, abrir la puerta y aspirar ese inconfundible aroma a cuarto de hotel, ese empalagoso olor a desodorante barato y humedad que te ataca y se asienta en todo tu cuerpo desde el momento que pisas la habitación y no te deja respirar sin hacerte sentir que estás en algún tipo de prostíbulo.

De todos modos, no estábamos para andarnos quejando del aire que respirábamos ni de lo húmedas que se sentían las alfombras en el cuarto. Que no. Que lo nuestro era conversar con Franklin, sopesar los datos que arrojaron sus investigaciones, ver si teníamos algo más para contrapesar o averiguar, y hablar de la estrategia.

Apenas nos acomodamos sobre la cama, ella, y en la silla al lado del escritorio, yo, llamé a Franklin.

—Ya era hora —dijo y yo recordé la diferencia horaria.

—Recién llegamos a Albuquerque —traté de excusarme—. ¿Te despertamos?

—No. Estaba esperando. Dándole vueltas a lo que averigüé y tomándome uno en las rocas.

—Bien. Recibí tu dibujito. ¿Estamos listos?

—Sabemos dónde viven y que tienen diversos negocios. Es un patriarcado, el abuelo, el hijo, y el nieto. Viven juntos, trabajan juntos, se divierten juntos.

—Y viajan juntos —agregó Magdalena.

—Tienen una variedad de propiedades, pero hay una en particular en donde parecería que pasan la mayoría del tiempo.

—¿Terreno montañoso? —pregunté aludiendo al dibujo que Franklin me envió.

—Sí, es una propiedad en un cerro, o algo así, bastante aislada de la carretera o de los vecinos. Fácil de detectar intrusos desde su punto de vista en la cima.

—¿La tienes bajo vigilancia?

—Sí. Pero hasta ahora no hemos visto nada fuera de lo normal.

—¿Cómo sabes qué es lo "normal"? —preguntó Magdalena exasperada.

—Que no hemos visto nada que sea raro.

—¿Y a mi hija? ¿A las otras chicas? —preguntó Magdalena saltando a lo único que le interesaba.

—Si están allí, no las hemos visto entrar o salir.

—Tendríamos que buscar la manera de mirar adentro —dije, si ponemos a nuestra gente abajo o cerca se darían cuenta.

—Tiene que ser un infiltrado —dijo Franklin.

—O hackear su sistema… ¿tienen cámaras?

—Varias afuera para cubrir toda la propiedad. ¿Estás pensando ver si tienen cámaras adentro?

—Exacto. Tendríamos que hacer lo mismo con sus otras propiedades y negocios. ¿Algo que salte a la vista?

—La verdad que no. Mantienen un perfil bajo.

—Sigue averiguando y nos llamas.

—A la orden.

Cuando colgué, una emoción indefinida se había posado sobre el rostro de Magdalena. Era una mezcla de la tímida alegría de esperanza con el dolor agudo de la depresión, como si supiera que al mismo tiempo estaba tan cerca como lejos de su hija; y que era poco lo que podía hacer para cambiar su situación actual.

—No te preocupes. Franklin es el mejor. Si hay algo que encontrar, lo encontrará.

—¿Y si ya la adoptaron o algo? ¿Y si a ella le gusta aquí y no quiere regresar?

—¿No crees que te hubiera avisado? ¿No crees que te hubiera llamado aunque sea para despedirse o para decirte que todo está bien y que no te preocupes?

Magdalena asintió sin mucha convicción. Era terca como un piajeno, como dirían en su tierra.

—¿Crees que la encontraremos? —dijo y me miró con esos ojos negros entristecidos por la perspectiva de nunca más encontrar a Felicidad.

—La vamos a encontrar. Estarás reunida con ella antes de lo que piensas. Pero te voy a tener que pedir un favor.

—¿Qué?

—Me parece que deberías viajar a Nueva York para darte el encuentro con Franklin y de allí ir a Connecticut. Serías de más ayuda allá que aquí. ¿No te parece?

Magdalena entró en pánico.

—¿En avión? No puedo.

—¿Le tienes miedo a volar?

—No. Bueno, sí, nunca me he subido a un avión. Y la idea me aterra. Pero no es eso: es que debo permanecer lo menos visible que pueda. Así me dijeron mi mamá y mi abuela, y también mi amiga Mayte.

—Podría cortar mi gira para ir contigo lo más pronto posible...

—¿Por tierra? No, ¡gua! Tiene que ser en carro para que nadie me vea o sepa en dónde estoy. ¡Ya me imagino que los Johnson pueden tener espías por todos lados! ¡Y tampoco quiero que me deporten sin antes encontrar a mi hija!

La miré. Consideré los riesgos a los que ella se refería en contraposición a la pesadilla de manejar desde una costa a la otra, ¡días atravesando Estados Unidos! ¿Una pesadilla o un sueño hecho realidad? Ummm, todo depende del punto de vista...

—Nos vamos juntos a Connecticut. ¿Vale? Tenemos que terminar con las siguientes tres presentaciones; pero de allí, media vuelta y hacia el otro lado del mundo.

Cuando reparé en la sonrisa gigante en el rostro de Magdalena todas las dudas se borraron de mi mente y lo único que podía ver era el camino que surcaríamos juntos. Ahora su meta era la mía.

La fragancia agria del temor

Los próximos días conversamos poco acerca de la búsqueda y el rescate de Felicidad, y, ojalá fuese posible, las otras chicas. Era como si hubiésemos acordado, de alguna manera intangible, una nueva tregua entre nosotros, un intermedio entre lo que ya sabíamos y lo que intuíamos sucedería pronto. Presentía que Jordi necesitaba prepararse mental y emocionalmente. Estaba todo serio, con el ceño fruncido y la mirada perdida, balbuceaba palabras sin sentido para sus adentros de rato en rato, salía a fumar seguido y se la pasaba escribiendo en un papelito que de tanto usarlo ya no tenía espacio para nada más.

Yo, por mi parte, me dediqué también a ponerme en forma para ir a la batalla de mi vida, pero en mi caso se trataba de preparación física y espiritual. A mí los nervios siempre terminaban venciéndome, así que cualquier cosa que tuviera que sudar lo tenía que hacer antes de salir. Las caminatas de las mañanas fueron un gran alivio a la tensión que cargaba. Salía al amanecer y me enrumbaba hacia una iglesia católica que encontré no muy lejos del hotel. Me detenía para escuchar misa, echarme varias oraciones y prender unas velas a mis santos. Se me hacía difícil dejar la paz del oratorio; el portón de la iglesia era la frontera entre la tranquilidad de lo conocido y el espinoso futuro. El miedo me invadía apenas ponía el pie en la calle. Con todo, me gustaba Albuquerque, tenía ese sabor a desierto que corría por mis venas; marrón, plano y abierto, con unas cuantas montañas a la lejanía, su paisaje conocido me calmaba.

Pronto Jordi se marchó hacia el oeste para terminar con su gira y yo me quedé en la ciudad esperando a que me recogiese de regreso hacia el este. Ese tiempo a solas me ayudó a enfocarme y centrarme. Aunque el temor a lo desconocido se colaba con frecuencia, desmontándome de mi imaginaria escena perfecta del primer abrazo con mi hija. Las preguntas se sucedían en mi mente, apretándome en las sienes al punto del dolor de cabeza. Quería, deseaba con toda el alma, mantenerme positiva, pero veía demasiadas interrogantes a las que no podía dar respuesta, demasiadas incógnitas que podrían tener un peso desconocido, e incluso fatal, en nuestro presunto rescate. ¿Y si no fuese un rescate? ¿Si Felicidad se fue libremente? ¿Si nadie la secuestró? Y otra vez volvía a darle vueltas y vueltas a las mismas ideas y los mismos argumentos, hasta que me mareaba con mis propios pensamientos y trataba de poner mis esfuerzos en algo que no me hiciera daño.

Para no volverme loca decidí leer el único libro que Jordi dejó a la mano, el suyo. Conectarme con sus pensamientos a través de lo que escribía me ofrecía un compás, una pauta acerca de lo que él llevaba en lo más interno de sí. Con el pasar de las páginas podía sentir su presencia, y en sus palabras detectaba su esencia y por lo menos sentía una cercanía, una intimidad, que necesitaría desarrollar durante el resto del viaje. Necesitaba confiar en él y él en mí. Teníamos que operar como una sola persona, mantener una alianza indestructible.

Era casi un milagro acostarme y quedarme dormida. En aquella calma de actividades no encontraba reposo pues era entonces cuando todas las voces en mi mente empezaban a hablar. Y lo que decían no era nada prometedor. Se alzaban en tonos acusatorios, se reproducían hinchándome de temores, se enroscaban en mi cuerpo hasta hacerme perder el sentido. Su olor era agrio como la leche pasada y su piel agreste como la tierra sin arar. Corrían por los rincones de mi alma, pero yo los podía sentir nadando con fuerza en mi torrente de sangre. Me calentaban la cabeza con sugerencias de venganza, con macabras imágenes inspiraban rituales arcaicos de desagravio. Y yo lo vivía todo como si fuera cierto. Todo, menos el encuentro anhelado con mi Felicidad.

El misterio de los Johnson

Por fin llegó el día del reencuentro. Casi no recuerdo la manejada desde California de regreso a Nuevo México; entré en un trance creativo y sentí que mis ojos se blanqueaban para transportarme a los lugares y escenas que estaba escribiendo; mientras que mi manejo se puso en control automático. No era nada nuevo. Aunque siempre me impresionaba cuando estacionaba en mi destino y no me acordaba de un solo lugar que pasé durante el viaje. Como si hubiese estado dormido pero despierto.

Magdalena me esperaba en el área del desayuno.

—¡Te extrañé! —dijimos al unísono apenas nos vimos. Y es que habíamos quedado en no hablar ninguno de los tres a través de nuestros celulares, y solamente llamar al hotel en casos extremos, lo cual no fue necesario en esa ocasión. A partir de allí compraríamos descartables.

La abracé con el ímpetu de un chiquillo enamorado. Ella me correspondió con calidez. Luego nos sentamos a tomar un café. El entusiasmo destellaba en su mirada; y, a pesar de mi cansancio, me llené de su energía.

—Partamos esta misma tarde —le dije. Deseaba tenerla sentada junto a mí en el carro. Quería escuchar su voz, aspirar su aroma, saberla para mí solito.

—¿No estás demasiado cansado? —contestó, apartando su cabello de su rostro, dejándome ver sus ojos, esa negrura hipnótica que me arrastraría hasta el fin del mundo.

—Hagamos algo: duermo un rato y de allí salimos. ¿Te parece? Estoy seguro de que tú tienes una premura bestia; y, si no fuera por mí, ya estarías en Connecticut —dije y coloqué mi mano sobre la suya para apagar el tamborileo nervioso de sus dedos en la mesa de madera. A veces esos ruiditos me sacaban de quicio.

Magdalena me miró. Inocencia de niña fiereza de madre. Yo empezaba a adorar los mil y un gestos que afloraban sin filtro en ese rostro simple pero hermoso que tocaba mi corazón cada vez que lo exploraba; y es que, incluso tratando de eludirlo, yo la sentía ya parte de mí.

—Me parece bien, pero igual quiero pedirte algo.

—Claro. Lo que quieras.

—¿Puedo subir contigo?

—Es tu habitación también. No tienes por qué pedir permiso —dije y levantándome la tomé de la mano y juntos empezamos a caminar hacia el elevador.

—Tu libro me gustó —dijo cuando llegamos a la puerta levantando el rostro para encontrar mi mirada. Me sorprendió un poco con el comentario, cuando estaba junto a ella sentía que mi ser se derretía en su esencia y me olvidaba momentáneamente de quién era yo.

—¿En serio? No sabía que los crímenes en el mundo de los motociclistas te pudieran llamar la atención.

—No son los crímenes en sí, si no tu manera de escribirlo. Ya sé que no sé nada de literatura, pero igual pude leerlo y sentir que estaba allí, contigo —dijo y se corrigió—. Con los personajes, pues...

Entramos. El cuarto se encontraba en oscuridad total a pesar de ser de día. Me saqué los zapatos y la camisa y me tiré en la cama. Magdalena permaneció de pie, dudosa, tirando con los dedos de la orilla del cobertor.

—Ven —la invité con la mano—. Échate junto a mí.

Sin decir una palabra se acomodó a mi lado en la cama. Casi no la podía ver, pero su pequeño cuerpo se sentía cómodo, perfecto me atrevería a decir, dentro de mi moldura; sus curvaturas se acomodaban en una simetría grácil y agradable.

Se colocó de espaldas a mí, su cabello sobre mi pecho, mi brazo cruzando por encima de sus zonas montañosas para aterrizar en la suavidad de su mano. Pasé mis dedos entre los suyos y ella me devolvió el cariño.

Estuvimos así por un buen rato. Disfrutándonos con los sentidos, entrando y saliendo de un sueño liviano, placentero, sin condiciones. Un rayo de sol corriendo por entre el visillo del pesado cortinaje descubría el pasar del tiempo.

Probablemente nos quedamos dormidos en algún momento, aunque no recuerdo cuándo, ni tampoco puedo acordarme de habernos tapado con una colcha, porque no fue hasta las cinco de la tarde que como sincronizados nos despertamos al mismo tiempo sin saber qué hora era, en dónde estábamos o por qué nos acostamos juntos. Lo único que sentimos al abrir los ojos fue una relajación total.

—Deberíamos hacer esto con más frecuencia —bromeé mientras abría la cortina.

—Hace tiempo que no dormía tan bien —bostezó Magdalena.

—Pues creo que ahora sí nos vamos —agregué sintiéndome de pronto nervioso.

Al rato bajamos y luego de cuadrar cuentas con el hotel, subimos al carro y empezamos el periplo hacia la costa este. Ella estaba inquieta cuando arranqué a manejar, habíamos decidido que mejor lo hiciese yo para evitar problemas con su licencia de conducir en caso nos detuvieran en cualquier lugar a lo largo del camino, pero su energía impaciente me desestabilizaba.

—¿Necesitas conversar? —le pregunté. Tal vez si la dejaba desahogarse los miles de kilómetros delante nuestro se harían menos pesados. Yo no me podía concentrar si tenía a alguien dándome vueltas, y lo que sentía emanar de Magdalena equivalía precisamente a eso.

Me miró. Entendía que me estaba fastidiando. Exhaló un quejidito casi imperceptible. Asintió.

—Tengo noticias —por fin pude compartir.

—¿Y has esperado hasta ahora? ¿No ves que estoy hecha un manojo de nervios? ¡Gua! —Me tiró un puñetazo ligero en el brazo.

—Tenía que esperar hasta estar solos en el carro —volteé y sonreí. Me encantaba su entusiasmo.

—Ya. Desembucha, pues —dijo.

—Franklin me contactó anoche. Me contó que los Johnson tienen una fábrica de chocolates que tiene unos horarios y actividades inusuales. A mí me parece que tal vez allí se cocina algo más que cacao con leche y azúcar. Además, me dijo que han logrado hackear las cámaras de seguridad externas de un par de propiedades y que pronto tendrán acceso a las cámaras internas.

—¿Han visto algo? ¿Han visto a las chicas? —dijo Magdalena con la esperanza de que me estuviera guardando lo mejor para el final.

—No. Todavía no. Pero eso no quiere decir que no estén allí.

—Las vamos a encontrar, ¿di?

—Que sí, que no pierdas la esperanza, ¿vale?

—Lo que no entiendo es para qué pueden querer traerse, robarse, mejor dicho, a cuatro chicas piuranas, y de bajos recursos encima.

—¿Para que estén con su familia?

—¿Y por qué ahora? ¿Por qué no les importó antes? Mi abuela se contactó con el padre de Philippe para que el chico reconociera a su hijo, eso era todo lo que quería. Y el señor nunca quiso hacerlo. Le mandó dinero y no perdió el contacto, pero del tema del apellido nunca quiso hablar… hasta hace poco, eso sí.

—¿Cómo?

—Es raro, pero de pronto los Johnson empezaron a interesarse. De nuevo, yo no me enteré de nada de esto hasta después del secuestro, pero mi abuela me dijo que el papá de Felicidad le ofreció reconocerla como hija legítima pero que para ello necesitaba que se hiciera unas pruebas para asegurarse que pertenecía a la familia. Después de que desaparecieron, nos enteramos de que algo similar había sucedido con las otras tres.

—¿Qué tipo de pruebas? ¿Te acuerdas?

—No sé los nombres, pero lo que se use para la paternidad, pues…

—¿Tu abuela te lo describió?

—Lo único que me explicó fue que el señor le mandó una dirección a donde llevar a Felicidad en Piura mismo.

—¿De un doctor?

—Me parece que era de un laboratorio de esos que hacen pruebas de sangre y eso. Pero que el técnico que las atendió no era peruano sino gringo que hablaba castellano y que las llevó a un cuarto separado del área donde estaban todos.

—¿Y qué tipo de prueba le hicieron?

—Lo único que me dijo la abuela fue que le sacaron bastantes tubitos de sangre, le pasaron un hisopo por la boca y también muestras de su pelo. También dice que le sacaron las huellas dactilares… ¿Y para qué sería eso?

—¿Y esto fue cuánto antes de la desaparición?

—¡Varios meses! Tantos, que a la abuela no se le prendió el foco y sumó uno más uno hasta después. Yo ya estaba aquí cuando me lo dijo.

—¿Y las otras chicas?

—Igualito. El problema es que, por hacerlo en secreto, pensando que las otras no estaban recibiendo esa misma oportunidad, la información se quedó estancada hasta hace poco.

Me quedé preocupado. ¿Para qué le hicieron tantas pruebas a Felicidad si solamente querían establecer paternidad?

Romper el vidrio en caso de emergencia

Llegamos a Connecticut cuatro días después. Las ansias de encontrarnos con Franklin nos carcomían. No hablábamos con él desde hacía casi una semana. Nos dio el encuentro en un restaurante poco concurrido. Luego de sentarnos y pedir unas bebidas pudimos por fin intercambiar datos. Jordi le explicó lo de las pruebas de laboratorio.

—¿Y después de ese encuentro con el técnico gringo recibieron alguna otra noticia? ¿Reconocieron a tu hija? —preguntó.

—Esa es la cosa: yo ni siquiera me enteré hasta mucho después porque mi abuela no recibió más noticias. Se esfumaron. Ella entonces pensó que los resultados no fueron favorables, lo cual no podía ser porque yo no les mentiría acerca de lo que sucedió esa noche, o que el señor Johnson cambió de parecer y ya no quería reconocer a su nieta.

Franklin frunció el ceño y llevándose un dedo a la boca empezó a jalonear con sus dientes la uña.

Cuando me fijé, me di cuenta de que tenía el hábito de comerse las uñas, y lo hacía hasta donde era posible hacerlo, hasta sacarse sangre según lo que pude observar.

—¿Qué piensas? —preguntó Jordi.

—Me preocupa el tema... ¿Por qué tantas pruebas? ¿Por qué no dijeron nada después? ¿Por qué raptar a alguien que no quieres reconocer?

—No tiene sentido —asintió Jordi.

—Explíquense, que me están muy poniendo nerviosa —demandé.

Los dos me miraron con cierto tipo de tristeza. Nunca olvidaré la mirada que me dieron porque me produjo escalofríos. Ellos sabían algo que les producía una pena inmensa, tanta que les era difícil decir lo que tenían que decirme.

—Sería posible que existan otros motivos, aparte de sentirse culpables por abandonar a una nieta e hija, o repentina benevolencia —abordó Jordi el tema tratando de explicarlo de una manera que no nos hiciera entrar en pánico.

—Tenemos que hacer más averiguaciones como para decirlo con certeza. No querríamos asustarte sin tener respuestas específicas. Puede ser algo como puede ser nada —interrumpió Franklin.

—¡Ya estoy asustada! —contesté—. Mejor me dicen de qué están hablando.

—¿En el peor de los casos? —preguntó Jordi.

Asentí con lentitud. No sabía si realmente quería saber.

—De películas de terror —contestó y Franklin le pegó una mirada de "se te pasó la mano"—. ¿Qué? ¿Acaso no sería algo así o estoy siendo fantasioso?

—Es posible que sus planes no sean para el beneficio de las chicas, pero no me iría a ese extremo de monstruos de laboratorio todavía —trató de suavizar Franklin.

—¿Todavía? ¿TODAVÍA? ¿Qué es lo que les detiene? —grité levantándome. No me entraba en la cabeza que mi hija y sus amigas pudiesen ser víctimas de algún tipo de experimento fallido. Tenía que haber una mejor explicación. Raptada por su padre y su abuelo sonaba infinitamente mejor en ese instante.

Jordi se levantó y me abrazó hasta lograr que me sentase de nuevo. Me imaginé que llamar la atención era pésima idea y me acomodé en el asiento. Temblaba de la rabia, de la impotencia, siempre protegí a mi hija y ahora en mi mente la podía ver aterrorizada, llamándome, sintiéndose traicionada por su propia decisión de creerle a Philippe Johnson III y fugarse con él a conocer a la familia que desconocía que tenía y que asumió que yo por egoísta le oculté todos esos años.

—Tenemos que indagar en los archivos médicos de estos tres... ¿qué esconden? ¿A qué le temen? ¿De qué les puede servir Felicidad? —dijo Jordi hablándole a Franklin mientras acariciaba mi mano temblorosa.

—Y las otras chicas también. Es demasiado sospechoso: todas concebidas el mismo día y todas secuestradas quince años después en la misma noche —añadió Franklin.

—Por favor: no dejen que les pasé nada —fue lo único que atiné a murmurar mientras escondía el rostro en mis manos para llorar en paz.

Acuse de recibo

Apenas dije las palabras quise traerlas de regreso, hacer un lazo de vaquero, lanzarlo con destreza, capturarlas y tragármelas. Por más que pensara lo peor no tenía ningún derecho a decirlo sin poder contar con hechos para demostrarlo. Hacerle daño a Magdalena era lo último que quería y lo primero que hice al verme contra la famosa pared de las explicaciones.

Ella lloraba con la cara escondida entre sus manos y Franklin me lanzaba miradas incendiarias.

—Debí haber sido abierta con mi hija. Decirle la verdad. Tal vez esto no hubiese sucedido si Felicidad tuviera toda la información... —dijo Magdalena en murmullos acentuados por los hipos de sus sollozos, más como para sí misma que para nosotros—. Pero es que nunca pensé, nunca me imaginé que pasaría algo así. Para mí, esa familia no existía. Yo ni siquiera sabía su apellido hasta que mi abuela me reveló el secreto que guardó todo este tiempo... Y si mi abuela no hubiese codiciado el apellido de esa gente... ¿Qué importa cómo te apellidas? Lo único que importa es quién te cría, gua, quién está contigo cuando te enfermas, quién te ayuda con las tareas, y te ama de manera incondicional.

Esta vez Magdalena estaba realmente desahogándose, dejando todo sobre la mesa hasta que no hubiese nada más que decir, nada más por lo que sentirse culpable. Franklin y yo la dejamos hablar. Por experiencia de muchos años sabíamos que las personas afectadas por los crímenes podían ser muy efectivas hasta el momento en que la tarea de investigación chocaba de manera estruendosa con la realidad de su pérdida, y entonces lo único que podíamos hacer era colocarnos a distancia prudente y dejar que el fuego crezca y consuma todos los pecados y las culpas hasta que no hubiese nada más que cenizas. Era ese ejercicio de des-ahogarse lo que les permitía dejar de condenarse por lo hecho, lo no hecho, lo que se debió hacer y lo que no se pudo hacer; y por fin encontrar consuelo en la idea de ganar la guerra a largo plazo.

Por fin Magdalena dejó de hablar y de llorar. Levantó la cabeza hasta encontrarse recta en el asiento. Se acomodó el cabello con sus dedos hasta que sintió que estaba en orden. Tomó una servilleta y se enjugó las lágrimas. Luego me miró con los ojos enrojecidos y dijo sin pizca de emoción:

—¿Cuándo podemos ver esos archivos médicos?

La actitud tranquila y al punto de Magdalena conmocionó a Franklin, quien tardó en responder:

—Mañana mismo me pongo en eso.

—¿Alguna manera de acercarnos sin que se den cuenta? —preguntó ella. Era como si estuviésemos viendo el nacimiento de otra persona. Su ingenuidad había sido reemplazada por una mente calculadora, analítica, metódica.

—¿Cómo qué? —pregunté todavía desarmado por su transformación.

—Como si alguien puede entrar a trabajar para ellos…

—¡No! ¿Estás loca? No puedes, Magdalena, ¡te reconocerían! —negué con la cabeza, aunque tal vez lo que estaba haciendo era rogar que no se pusiera en peligro.

—No necesito tu permiso —replicó vacía de sentimientos.

—No es que necesites permiso de nadie —interceptó Franklin antes de que la conversación fuera a desembocar en una pelea tangencial entre los dos—. Es que no tiene sentido que seas tú la que pone la cara. Lo último que necesitamos es que descubran nuestros planes. Tiene que ser alguien que no tiene nada que ver con nosotros.

—¿Alguien de adentro? —repliqué.

—Sería lo más sencillo —dijo Franklin—. Todos tienen un precio.

—¿Pero no sería riesgoso? —interpuso Magdalena—. Digo, ¿y si esa persona al final nos traiciona?

—Es verdad, eso puede suceder, pero es mucho más sencillo que poner a alguien nuevo y esperar hasta que se gane la confianza de los ejecutivos —explicó Franklin—. Aunque, en verdad depende de para qué los necesitamos. Si es algo simple, es mejor poner a los nuestros.

—Si demoramos, no sabemos lo que puede suceder —dije. No quería dar pie a que Magdalena regresase a la primera idea de ir ella misma a espiar.

—No se los he dicho, pero las otras mamás también están aquí, listas para hacer lo que tengan que hacer —reveló Magdalena.

—¿Aquí? ¿Como que aquí? ¿Aquí en Connecticut? —pregunté. Me sentía defraudado porque ella no me dijo nada de eso desde el comienzo.

—Aquí, en Connecticut. Están esperando mis instrucciones. Y ellas tienen a otros que las pueden apoyar —contestó—. Tenía que guardarme esa información hasta cuando fuese el debido momento. No quería poner a nadie más en peligro si no fuese necesario, pero veo que entre los tres podríamos enfrentarnos a demasiado.

Franklin y yo nos miramos con incredulidad. En verdad nunca puedes conocer a una persona en su integridad. Todos escondemos secretos, pero el que Magdalena acababa de develar podía servirnos.

Franklin empezó a reír. Su risa era grande, importante, abarcadora. Pronto sus risotadas nos cubrieron, y, sin quererlo, estábamos todos soltando la tensión en jajajas, jejejes y jijijis.

Cuando por fin nos calmamos, lo cual tomó un buen rato, el ambiente se sentía limpio.

—Creo que se puede usar todo tipo de ayuda —dije reconsiderando mi negativa inicial.

—Y, por si no lo sabes, algunos de nosotros somos invisibles —apuntó Magdalena—. Es decir que podemos estar, pero nadie se da cuenta de nuestra presencia.

—¿Quieres decir por racismo? —preguntó Franklin, que era negro.

—Exacto —dijo Magdalena—. Los latinos, sobre todo los más marroncitos, podemos pasar desapercibidos. Todos piensan que nos toca algún deber tipo limpieza o jardinería; es decir, que somos parte del paisaje; pero nadie realmente nos ve. ¿Me dejo entender?

—Para mí es al revés: somos demasiado visibles —se quejó Franklin.

—Bueno, tenemos dos cosas en el plan de acción inmediato: indagar en la historia médica de los Johnson y reunirnos con el resto del equipo —dije antes de que el tema empezara a caer en las cavernas del tema del racismo y no pudiésemos ser rescatados de allí ni por los tailandeses.

Los invisibles

Desde Albuquerque me di cuenta de que lidiar con los Johnson y compañía sería mucho más trabajoso de lo que ninguno de nosotros podía imaginar; y la conversación con Franklin y Jordi me convenció de que hice bien al ponerme en contacto con las madres de las otras chicas, que también se encontraban por aquí desde hacía unos meses. Para mí, el hecho de poder contar con su ayuda me hacía sentir que estaba aportando al éxito de localizar y liberar a nuestras niñas. Ya a esas alturas tenía muy claro que algo muy extraño había sucedido, empezando con la fiesta de carnavales quince años atrás.

Franklin nos consiguió una casita en donde alojarnos. Decía que era mejor no estar entrando y saliendo de hoteles, en donde las cámaras podían grabarnos. Además, pensé yo, necesitamos un lugar para reunirnos con todos y planificar nuestros pasos.

Cuando llegamos al *bungalow* era tarde en la noche. Franklin nos abrió la puerta, nos mostró dónde estaban las cosas y luego de acomodarnos, se despidió.

Jordi se quedó parado cerca de la puerta como esperando a ver qué hacía yo, cuál era mi movimiento, quién dormía dónde. Yo, que lo empecé a querer como hombre desde Denver, solamente me acerqué y antes de que dijera nada me empiné y lo besé en los labios, un beso cálido, sensual, tan generoso como agradecido. Cuando terminé, me retiré unos pocos centímetros y aterricé mis pies en el suelo. Él buscó mi mirada y al ver que yo no se la desviaba, bajó hasta estar a mi nivel y recogiéndome con ambos brazos, me alzó en vilo para besarme una vez más.

Nos dejamos llevar por el ardor del momento. Jordi me llevó a la habitación y depositándome con tanta suavidad como si fuera un pétalo de rosa acarició mi rostro y mi nuca mientras se acomodaba a mi lado.

Fue todo tan natural. El miedo que sentí todo ese tiempo acerca de lo que sucede durante las relaciones sexuales se disipó para dejar que una manta de emociones cálidas se posara sobre mi cuerpo. Jordi iba descubriendo cada parte de mi ser con la delicadeza de quien sabe el dolor que cada prenda pretende ocultar. Al llegar a mis piernas y ver las quemaduras desde los pies subiendo a los tobillos, Jordi empezó a besar cada cicatriz. Yo lloraba.

Amanecimos entrelazados. Nunca en mi vida imaginé que me podría sentir a gusto así, pero lo estaba. En la quietud de la mañana lo escuché respirar profundo y me dio por caminar mis dedos desde su ombligo hasta su pecho y luego deslizarme por sus brazos hasta sus manos. Lo vi sonreír mientras abría los ojos y ese gesto me llenó de ternura; y hasta quizás reverdeció mi anhelo de algún día encontrar amor de pareja que sea verdadero.

Acabado el desayuno, con la precisa llegada de Franklin, la realidad me dio en pleno. Lo supe cuando lo vi en la puerta al lado de Jordi: Todo había cambiado y nada había cambiado. Tenía que acostumbrarme a vivir en dos entornos en donde el corazón de amante tendría que compartir la rebosante energía del amor nuevo con la actividad a tiempo completo de consolar a mi corazón magullado de madre.

Me vestí con fortitud, recubrí mi cuerpo de paciencia y coroné mis cabellos con la actitud de quien se prepara para la guerra final. Cerca de la puerta, Franklin y Jordi hablaban en murmullos, caras serias, café en mano enfriándose, de la manera en que los enfermos terminales discurren con sus familias antes de embarcarse en el sueño infinito. Yo solo buscaba instrucciones que seguir, una receta perfecta que nos llevase al éxito. Era hora de convertirme, por siguiera una vez en mi vida, en la ganadora del botín entero.

Se acercaron por fin a donde yo estaba y tomaron asiento mientras les rellenaba las tazas con café recién hecho y colocaba un plato con galletas dulces sobre la mesa del minúsculo comedor. Luego me senté cerca de Jordi y lo tomé de la mano mientras buscaba su evasiva mirada.

La seriedad del momento se sentía en el aire, era tan espesa la circunspección flotando entre nosotros que respirar se hacía difícil. Jordi por fin habló:

—¿Cuándo podemos reunirnos con las otras mujeres?

A pesar de que ya lo había ofrecido, me costaba soltar mis cartas. Todavía el miedo a equivocarme con él pesaba muchísimo sobre aquel futuro incierto.

Franklin y Jordi me miraron con hostilidad. Les costaba creer que yo me hiciera la dura cuando ellos se la estuvieron jugando por mí desde el comienzo.

—Está bien. Está bien. Me imagino que es importante —dije.

—¿No lo crees? —dijo Jordi—. Mientras tengamos a más personas en el equipo, mejor nos irá.

—¿Seguro? ¿No es más complicado controlar a más personas? No sabemos si sus intenciones son exactamente las mismas que las nuestras —agregué, aunque tal vez ni yo misma me tragaba lo último.

Jordi me apretó la mano con delicadeza, trataba de transmitirme valor.

—¡Claro que tienen las mismas intenciones! Recuperar a sus hijas, igual que tú —dijo Jordi.

—Claro… No sé por qué diablos dije eso. Fue un comentario estúpido. Pueden estar aquí esta misma tarde —repliqué y bajé la mirada—. Están bastante cerca… solo esperan mis instrucciones para ponerse en acción.

—¡Por Dios, mujer, que eres una caja de sorpresas! —comentó Jordi y dio una risotada que yo no estaba segura si era nerviosa o de alegría.

—Tienes toda la razón. Creo que me levanté un poco cruzada, si ya les dije antes que debíamos contar con todos ellos. A veces ni yo misma me entiendo —dije y salí del *bungalow* para que no viesen lo avergonzada que me sentía.

En la tarde empezaron a llegar. Les pedí que para no levantar sospechas llegasen a pie luego de la puesta del sol. Así lo hicieron y pronto éramos una docena de personas en la casita, ocupando sillas, sofás y hasta la alfombra para juntos delinear nuestro plan.

Jordi y Franklin parecían sorprendidos por el número de personas que estábamos allí, a disposición de la causa. A mí más bien me parecía de lo más normal, los pobladores de mi pueblo estábamos acostumbrados a apoyarnos, sobre todo cuando la necesidad era grande, los obstáculos muchos y los recursos pocos.

—Les agradecemos por estar aquí —comenzó Jordi.

—Nosotras somos las agradecidas, ¡gua! —interrumpió Maritza, la mamá de Marisol—. Si no fuera por ustedes, no tendríamos esperanza alguna de encontrar a nuestras hijas.

—Así es. Gracias señores. Bendecidos sean por su ayuda —añadieron las otras.

—Estamos cerca —siguió Jordi—. Sabemos que están aquí en Connecticut y estamos casi seguros de saber dónde. Solo nos falta hackear el sistema de cámaras de seguridad de los interiores de la propiedad de los Johnson y entonces podremos ver si tienen a una o todas las chicas allí.

—¿De Philippe Johnson? —preguntó Elsa, otra de las madres.

—¿Mi Philippe Johnson? —añadió Maritza, otra mamá.

—Dirás: Mi Philippe Johnson —gruñó Olga, también mamá de una de las desaparecidas.

Nos miramos confundidos. No podíamos creer lo que escuchábamos. ¿Significaba que las cuatro chicas tenían el mismo padre? Eso explicaba el parecido entre ellas, que nosotras pensábamos se debía a que los padres eran de Estados Unidos. Nunca se nos ocurrió que el mismo chico nos violó a las cuatro. ¿Y qué razón podría tener para hacerlo? ¡Maldito secreto! Por habernos mantenido alejadas nunca nos dimos cuenta de que cargábamos la semilla de la misma persona.

—Es claro que el padre de todas nuestras hijas es el mismo: Philippe Johnson II —interrumpí—. Siento mucho que sea así, pero la verdad es que no tiene importancia. En lo único que debemos concentrarnos es en encontrarlas.

—Y castigarlos —dijo Olga.

—Olga tiene razón: se merecen un escarmiento —amenazó Maritza—. ¡Los voy a moler a palos!

Las mujeres empezaron a desembuchar toda su rabia, exigiendo no solo que encontremos a nuestras hijas si no que de alguna manera nos desquitáramos por todo lo que nos hicieron sufrir. La idea de venganza empezó a tomar forma en ese instante.

Al rato de empezar nuestra reunión Franklin recibió una llamada. Al colgar miró algo en su teléfono y empalideció. Yo fui la única en notar lo sucedido. Me levanté y acercándome le murmuré:

—¿Qué has visto? ¿Por qué te has puesto así? Casi estás temblando…

Franklin no dijo nada, ni siquiera me miró a los ojos, simplemente me puso el celular en la mano.

Cuando lo levanté para mirar me di cuenta de la noticia: las chicas habían sido encontradas.

—¿Qué pasa? —preguntó Jordi cuando vio que yo lo miraba sin mirarlo, mi expresión desencajada.

—Las encontramos —fue lo único que atiné a decir y le pasé el teléfono.

Jordi tomó el móvil y luego de mirar la pantalla se sentó de un porrazo y se tomó la cabeza con las manos.

Maritza se lanzó a recoger el teléfono y el resto del grupo se congregó alrededor de ella.

—¿Qué? ¡Qué es esto! —gritó Olga—. ¿Es una broma?

—¡Son ellas! ¡Son nuestras hijas! —dijo Elsa—. Pero… ¿embarazadas?

—Tenemos que ejecutar el plan, ya —cortó Franklin. Y poniéndose delante del grupo intentó retomar el control.

—¿Qué está pasando? —pregunté.

—Eso es lo que tenemos que averiguar —dijo Franklin—. Cada uno tendrá algo que hacer. Entre todos podemos asegurarnos de recuperarlas sin un rasguño. Primero, tenemos que averiguar qué diablos es lo que están planeando y por qué; y luego evitarlo. Voy a necesitar un grupo en la casa donde las tienen, pero no pueden ser las mujeres, o cualquiera que ellas conozcan, no podemos arriesgarnos a ser develados.

—Algunos de los hombres son totalmente desconocidos para las chicas —ofreció Maritza.

—¿Y nosotras? —preguntó Olga.

—Ustedes ayudarán a buscar algunas otras respuestas que nos permitan infiltrarlos y pegarles en donde les duela —dijo Franklin y sonrió cuando se dio cuenta de que lo que yo le dije acerca de la invisibilidad de los latinos de extracción humilde era verdad. Nadie puede sospechar de lo que no ve.

Manipulación total

Apenas terminamos la reunión salí a despedir a las mamás y su equipo. Un deseo tenaz por un cigarrillo, o varios, me azuzaba desde hacía rato. La oscura noche carente de luna estaba tranquila; apenas el grupo de latinos caminó unos cuantos pasos, aunque los podía escuchar conversando mientras se alejaban, ya no los pude ver más allá de la primera línea de árboles, a unos cuantos metros del *bungalow*.

Me reí para mis adentros al tiempo que encendía con apuro el cigarrillo. Aspiré con fuerza y al exhalar me empecé a sentir mejor.

Al tercer cigarrillo Franklin apareció a mi lado. No lo sentí llegar.

—¡Vaya lío este! —se quejó mientras se encendía uno de los míos.

—¡Oiga! ¿Y usted no pide permiso o qué? —le recriminé en broma.

—*Bro*, que no es hora de fijarse en tonterías. Esas imágenes me han dejado atontado —dijo y caló del cigarrillo con fuerza. En la oscuridad solo se veía el punto naranja de la colilla quemándose.

—Sí. A mí también. Esto debe tratarse de algún tipo de aberración. ¿Para qué embarazas a todas estas mujeres cuando tienen quince y luego regresas y... embarazas a tus...? —no pude decirlo.

—¿Hijas? ¿Nietas? —Franklin terminó la oración—. No tiene sentido a no ser que sea alguna necesidad médica.

—Eso es lo que tenemos que averiguar... Por lo menos se ve que están de pocos meses, así que si lo que estos desgraciados buscan no es posible hasta el nacimiento de esos hijos, por lo menos tenemos tiempo... —rematé.

Al día siguiente nos dedicamos a colocar a nuestra gente en sitio. Sabíamos que no podían ir a buscar trabajos, así que buscamos primero a quiénes podrían reemplazar en la planilla de empleados de los Johnson en la casa en donde tenían a las chicas.

Buscando el eslabón más débil dimos con unos cuantos. La parte de indagaciones en los perfiles de los asociados con el crimen era una de mis favoritas. ¡Cuánta cochinada puede esconder una persona que por fuera parece de lo más normal! No terminaré nunca de sorprenderme por la capacidad del ser humano por causar daño y destruir su vida. Debe ser algo voyerista en mí eso de que me encanté meterme en las partes más privadas, más íntimas, más resguardadas y rebuscar hasta encontrar, debajo de toda esa fachada inocente, las capas sobre capas de inmundicia. No digo que yo no esté libre de cargar con mi propia porquería, pero ese día a mí no me tocaba pasar por los rayos X.

Se trataba en realidad de una tercera parte: los encargados de recibir la lista de compras de mercado, poner todo el pedido junto, llevarlo a la casa y colocarlo en el lugar adecuado, sea la cocina, la despensa, los baños o incluso el garaje. Era la posición perfecta para enterarse desde lo que compraban hasta lo que veían en la casa. Por lo general no era una sola persona la que se hacía cargo, si no que rotaban entre cuatro. Y todos eran unos latinos de estatura mediana, complexión cobriza, barriga de cervecero, cabellos lacios y negros, completamente engominados, y barba rala. Incluso sus edades parecían oscilar dentro de la misma década: entre los treinta y los cuarenta. Decidimos que teníamos que cambiar todo el equipo y así evitar cualquier problema más adelante. A estos amigos los seguimos por unos días y dimos con que todas las noches después del trabajo iban a jugar a los naipes a un local donde se encontraban con sus amigos. Pues resulta que estos pobres diablos estaban de muy mala racha ya que el juego les venía sumando unas deudas aparatosas. Nos adherimos a su rutina lo más solapado posible. Una noche de esas, entre tragos y pérdidas mortales en sus apuestas, Magdalena apareció al cierre y los convenció de aceptar nuestra oferta: pagaríamos sus deudas a cambio de que dejasen a unos "amigos" ejercer unas cuantas semanas en su trabajo. Claro, la condición era que les daríamos el dinero si no abrían la boca, una vez que nuestros "compadres" hubiesen terminado su "entrenamiento" para presentarse a una empresa similar.

Con las mujeres hicimos algo similar, buscamos cómo penetrar la oficina principal de los doctores que trataban al señor Johnson una vez que nos enteramos quiénes eran y sabíamos que se trataba de una empresa especializada en manipulación genética. Nuestro grupo reemplazó por unas semanas al equipo que normalmente realizaba la limpieza del edificio, y que se trataba de mujeres latinas. En su caso, unas vacaciones pagadas a todo lujo fueron suficiente para convencerlas de dejar los baldes, las escobas y las aspiradoras en las manos de los reemplazos que les enviaban de la oficina corporativa, junto con su paquete consistente en un viaje espectacular como premio a sus labores realizadas "al más alto nivel".

Mientras que Franklin opinaba que tal vez estaban tratando de crear un prototipo de "bebé perfecto" con la idea de realizar algo masivo a la larga y venderlos a gente adinerada, yo tendía a creer que sus intenciones podrían ser mucho más nefastas; por ejemplo, engendrar a criaturas sin defectos para luego extirpar órganos y ponerlos a la venta. Sea lo que fuere, la finalidad de aquellos embarazos parecía ser bastante cruel y por ello pactamos no compartir con Magdalena o cualquiera de las otras madres nuestros temores. Era preferible dejarlas en la oscuridad acerca de cualquier experimento que estuviesen haciendo con sus hijas hasta que supiéramos a qué nos estábamos enfrentando en la realidad. Por el momento, lo mejor que podíamos hacer por todos era dedicarnos por completo a la investigación. La información era imprescindible para determinar cómo actuaríamos.

Nuestro plan para reemplazar empleados en la entrega de las compras del supermercado produjo resultados con rapidez. Aun y cuando podíamos ver los movimientos dentro de la casa gracias al hackeo intermitente (para no ser detectados) de las cámaras de seguridad, era preciso ingresar a ciertas partes de la propiedad que no podíamos ver y, más importante, de alguna manera comunicarnos con las chicas.

Fue a la tercera entrega ese mes que nuestros hombres lograron hacer llegar un mensaje a las cuatro muchachas colocándolo dentro de la botella de vitaminas prenatales que sabían eran colocadas en el botiquín de su baño.

En esa primera nota solamente les hicimos saber que pronto serían rescatadas y que aguardasen nuevos mensajes. A la semana siguiente, una de las chicas, pensábamos por la descripción que fue Felicidad, le pasó un papelito a uno de nuestros hombres. En él nos avisaba que escucharon comentar que pronto las mudarían de propiedad, un lugar con una sala médica como para irlas preparando para el parto o cualquier cirugía necesaria por complicaciones.

Lo bueno era que ya para ese entonces teníamos la información que buscábamos acerca de las razones para los secuestros y embarazos. Ni yo ni Franklin teníamos la razón, y, a la vez, los dos la teníamos. Gracias a la información que nuestras "señoras de limpieza" obtuvieron de la oficina médica nos enteramos de que era un doctor en particular, Dr. Zhuang, quien trataba el caso de los Johnson y por lo general lo hacía de manera privada, fuera de su centro de trabajo. Aunque se nos hizo ridículo que para tanta secrecía no se había tomado la molestia de guardar los archivos con la historia médica de su paciente en algún lugar seguro, igual dimos las gracias de que así fuera porque gracias a ello el acceso a lo que con tanto sigilo se ocultó por décadas fue inmediato.

Busqué a Franklin para conversar con él acerca de lo que sabíamos.

—Lo primero es establecer que el patriarca, Philippe Johnson, sufre de la Enfermedad de Huntington, una enfermedad hereditaria que provoca el desgaste de algunas células nerviosas del cerebro —dije mientras escribía lo que descubrimos en una pizarra blanca—. En el caso de este señor, había nacido con el gen defectuoso pero sus síntomas recién aparecieron cuando tenía cuarenta años. Después de estudiar su caso, los médicos no le dieron muchas esperanzas de mejorar. Primero estarían los movimientos descontrolados, la torpeza y los problemas de equilibrio. Luego vendrían los problemas para caminar y hablar, e incluso para tragar. En las etapas finales, sería posible que dejase de reconocer a los miembros de su familia y sus amigos.

—Ahí fue cuando Johnson movió todos sus contactos para tratar de buscar algún tipo de cura. Pronto, no solo era él, sino que uno de sus hijos también empezaba a demostrar indicios de la enfermedad. El padre mandó a hacer la prueba genética a sus dos hijos y además del diagnóstico del menor pudo enterarse que el mayor no tenía el gen de la enfermedad.

—Fue en ese entonces, me imagino, que dio con algunos artículos y tratados acerca del tema de ingeniería genética y pronto se le metió en la cabeza que con dinero todo era posible. El hombre trajo los mejores médicos y especialistas en la biomedicina.

—Y fundó la empresa Robin Biomedical con el propósito principal de encontrar la cura para la Enfermedad de Huntington y otros síndromes y trastornos causados por herencia genética.

—Robin es su coartada legal para contar con los mejores médicos e investigadores.

—Claro que sí. Ahora... ¿en dónde entran los embarazos?

—Yo pienso que al enterarse de que su hijo Philippe II no tenía la enfermedad, vio su oportunidad para de alguna manera crear la medicina...

—Pero los avances hace quince años no eran lo que son hoy.

—Él sabía que las violaciones de las cuatro hace años dieron como resultado cuatro niñas, familiares directos, que era probable no tendrían el gen.

—Y lo comprobó cuando mandó a hacer las pruebas bajo la supuesta promesa de reconocerlas. Pero cuando vio que ninguna llevaba el gen, decidió raptarlas, traerlas a Estados Unidos y hacer experimentos con ellas. Es lo que yo haría de verme en su situación.

—¿Y los embarazos?

—Dr. Zhuang es un médico genetista con especialidad en la tecnología de ingeniería genética CRISPR. Si entiendo bien, con este CRISPR se puede modificar los genomas de embriones humanos para que los bebés no nazcan con la mutación genética. He leído que con esta tecnología se puede editar, corregir, alterar, el genoma de cualquier célula de una manera fácil, rápida, relativamente barata y, sobre todo super precisa.

—Eso quiere decir que de seguro a las chicas les hicieron bebés perfectos, diseñados sin ninguna enfermedad hereditaria y cuyos órganos estén en perfecto estado para el uso en la familia.

—Y encima, a la hora del parto, del cordón umbilical también se pueden sacar células madres que pueden ser importantes para el tratamiento del Huntington y salvarles la vida al padre y al hermano.

—¡Toda la familia está metida en este asunto!

Magdalena entró en ese momento; atrás venían Olga, Elsa y Maritza.

—¿Qué asunto? —preguntó y avanzó hasta la pizarra.

—Creo que sabemos qué está pasando y es mucho peor de lo que pensábamos.

Las cuatro nos miraron expectantes. Un silencio tenso embargó la casita.

—Las chicas están cargando en sus vientres "bebés medicamento" —trató de explicar Franklin.

Al rescate de los bebés de diseñador

Apenas escuché esas palabras, que yo y mi hija, y mi futuro nieto o nieta, además de las otras mujeres y sus hijas y sus futuros nietos, éramos nada más que un envase en donde realizar experimentos de laboratorio para salvarle la vida a las mismas personas que tanto daño nos hicieron, me enfurecí al punto de no retorno. Ya no quería simplemente liberar a las chicas y traerlas de regreso a casa, para que dieran a luz allá, rodeadas de familia, si no que de pronto la idea de revancha ya no era solamente algo que merodeaba mi mente como un posible efecto secundario a lo que tendríamos que hacer para rescatar a las chicas. No era así. Lo que veía frente a mis ojos era que el plan de desquite se materializaba más bien como una entidad propia, con una energía propia, con elementos propios, con sufrimientos propios y desenlaces netamente propios.

Las náuseas me revolcaban el estómago al punto de querer vomitar hasta el alma. El concepto de rebajarnos a violencia física constituía una aberración para mí, una sublevación de lo que siento en mi naturaleza. Desde que tengo recuerdo he sido pacifista, mi preferencia siempre fue tratar de resolver los problemas por las buenas. Nunca me gustaron las películas con personajes agresivos, no recuerdo haberme peleado con nadie con los puños, y mucho menos con armas.

Pero entre el asco que sentía por siquiera dejarme saborear el amargo deseo de represalia y la repugnancia que me causaban los Johnson, sobre todo el elaborador de este macabro plan, el abuelo, ganaba, desde donde lo viera, el apetito desmesurado de venganza.

—Necesitamos pensar una manera de rescatarlas pronto, antes de que las muevan a algún otro lugar y sea difícil encontrarlas de nuevo; y al mismo tiempo, yo voto por buscar una manera de castigarlos por todo lo que nos hicieron —dije y esperé la respuesta de las otras mujeres, imaginaba que ellas también estarían pensando en lo mismo que yo.

La pausa duró poco.

—Yo estoy contigo —dijo Olga.

—Y yo —se sumó Maritza.

—Yo también —agregó Elsa

Me quedé mirando a Jordi y Franklin. Era como si se hubieran congelado. Petrificado sería una palabra más apropiada. Tal vez no esperaban que tuviéramos nuestras propias emociones, que demandáramos justicia por nosotras, nuestras hijas, nuestros nietos.

—Qué... ¿qué quieres decir con eso? —preguntó Jordi. Parecía no querer entender lo que queríamos planear. Para él esta era una misión de rescate, cualquier otra cosa encima de eso podría hacer tambalear e incluso frustrar lo que intentábamos hacer.

Yo, en cambio, no veía por qué no podía ser ambas cosas.

—Si planeamos bien, podemos liberar a las chicas, sin causarles daño; y encerrar a los Johnson, y aplicarles máximo daño —contesté, sonrisa perversa en todo mi ser. Era un alivio dejar salir al aire el odio que la situación había acumulado.

—Esto puede complicar todo —interrumpió Franklin.

—Tal vez deberíamos enfocarnos en sacarlas de donde están y regresarlas de inmediato a Perú —agregó Jordi—. Ni siquiera metería a la policía para no ponerlas a ustedes en una situación en donde las podrían arrestar....

—¡Eso, las sacamos y no metemos a la policía! —estuvo de acuerdo Olga. Yo la miré como tirándole mil cuchillas con mis ojos. Lo último que necesitaba era que mis aliadas saltaran al otro lado a la primera posibilidad de problemas—. ¿Qué? —se puso Olga a la defensiva.

—Que se pueden hacer las dos cosas, pues —refuté poniéndomela enfrente—. Una cosa no es contraria a la otra...

—¡Si no que se complementan! ¡Gua! —agregó Maritza—. ¡Yo sí quiero sacarles la madre a esos ricachones! ¿Qué se han creído? ¿Que nosotras y nuestras hijas somos objetos para usar como se les venga en gana?

—¡No! —gritó Elsa.

—No, pues. ¡No! —le siguió Maritza—. ¡Somos personas! ¡Somos seres humanos y nuestras hijas también! ¡Les vamos a dar una lección que nunca olvidarán!

La fiereza de una madre

No tenía manera de convencerlas. Una vez que se les metió en la cabeza la idea de venganza, la gigante semilla dura y negra que ya tenían en el corazón germinó y se convirtió en un engendro deforme y contrahecho de múltiples cabezas compuestas por un solo ojo azabache y pelaje punzante crecido de filigranas. No era que fuese así en la realidad, pero eso era lo que yo veía en mi mente cuando sus emociones unidas por lazos fúnebres conjuraban, mediante extensos chillidos engorrosos, seguidos de penetrantes zumbidos estridulados, como los de las cigarras ardientes en verano, aquel descarnado aborrecimiento desmesurado.

La sensación que aquello generaba en mí me llevaba a estar convencido, una vez más, de que la abundancia de emociones no conduce a los mejores planes, las mejores reacciones, o los mejores finales, sino que ofusca la claridad con que se debe caminar en la fase final de la operación. Pero, por otro lado, el cariño, la admiración, el respeto y, sí, el amor que sentía por Magdalena (o como quiera que se llamase) me convertía en un pelele rendido a sus pies, en un siervo de sus órdenes.

Volteé a mirar a Franklin, el único entre nosotros que supuestamente todavía tenía dos dedos de frente y no se dejaría llevar por ningún tipo de ideal alterno motivado por ira. Para mí él era la persona idónea porque nunca en un proyecto lo vi salirse de la ruta trazada, jamás, en todos los libros que hemos trabajado juntos, consideró llegar a la meta luego de tomar todos los desvíos posibles para también alcanzar objetivos secundarios antes no propuestos. Bastó una mirada para saber que en ese caso mi investigador favorito también se sentía perturbado. Me rendí. Incluso él, que siempre era inamovible, se veía conmovido por la última información y de alguna manera buscaba cómo plegarse al bando de las mujeres.

—Primero el rescate, luego, si se puede, la revancha —dije, tratando de calmar los ánimos. Yo deseaba vengarme con toda el alma, pero no a costa de perder la oportunidad de sacar a las niñas embarazadas de la cárcel dorada en donde las cuidaban con los mejores tratamientos y engordaban con comida especial para preñadas, como si de pavos de Navidad se tratase—. ¿Franklin? —rogué con los ojos. Mi amigo buscó cómo controlarse y asintió mientras transmitía a Magdalena con la mirada un "ten confianza".

Luego ella tomó la palabra.

—Podemos hacer las dos cosas... pero, como dice Jordi, hay que darles prioridad a los objetivos: primero nuestras hijas y luego esos malditos —alentó a las mujeres. Una vez más estaba calmada, de acero, como si ventear sus verdaderos sentimientos, aunque sea por un momento, le hubiese hecho todo el bien del mundo—. Pero eso sí: nosotras decidiremos lo que les haremos. ¿Trato? —dijo y se acercó para darme la mano.

—Trato —respondí ofreciéndole un duro apretón a lo macho que le hizo gruñir y reír al mismo tiempo. Luego la abracé con todas mis fuerzas, dejando que su pequeño cuerpo se confundiese hasta perderse en el mío.

—¿Estamos entonces? —continuó Franklin a manera de interrupción. No le gustaba presenciar momentos pegajosos entre parejas.

—Ya veo como eres, *bro* —bromeé y choqué mi puño contra el suyo mientras Magdalena se desenredaba de entre mis brazos hasta quedar únicamente agarrada de mi mano. Sentirla a mi lado era toda la motivación que necesitaba para entregarme a la labor de hacerla feliz de nuevo sin importar lo que a mí me costase.

—Vamos al plan —cortó de nuevo Franklin.

—Sí, vamos, vamos —agregó Maritza—. Guarden los besuqueos para otro día que aquí estamos cruzando el desierto sin agua… no sean malitos, pues.

—Uyyyyyyy pero si serás picona —cantó Magdalena—. Vamos a lo nuestro y de allí te consigo tu gringo… ¿qué digo? ¡Te consigo dos gringos, tres gringos!

—Un micro lleno de gringos para todas, gua —dijo Olga, sus mejillas encendidas, la misma inocencia que encontraba en Magdalena la podía ahora ver en las otras mujeres mientras reían y se celebraban con bromas que podrían aparecer cándidas a algunos. Me pregunté si las personas que viven con menos viven mejor. No tener tanto a que aferrarse, tanto que cuidar, tal vez era la razón de una alegría centrada en el corazón en lugar del materialismo. Pero casi de inmediato me tuve que salir de mi pensamiento. La burbuja hizo pop y de nuevo me encontré en el *bungalow*, tratando de explicar el plan.

—Ahem… Señoras, señoritas, damas y caballero… —busqué su atención—. Veamos qué sabemos, ¿vale? Primero: sabemos que las chicas están en una propiedad de los Johnson. Segundo: sabemos que están embarazadas para que sus niños sirvan de "bebé medicamento". Tercero: sabemos que es la Enfermedad de Huntington lo que aflige a los Johnson. Cuarto: sabemos que los Johnson piensan que la tecnología CRISPR de manipulación genética sumada a la extracción de células madre del cordón umbilical, aunada a los médicos de Robin Biomedical, y en particular el doctor Zhuang, lograrán esa cura. Quinto: sabemos que pronto mudarán a las chicas a un local con instalaciones médicas y posiblemente muchísima más seguridad. Sexto: no sabemos qué pasara con las chicas y los bebés luego de que den a luz.

—Son unos monstruos —murmuró Elsa, y todos asentimos con la cabeza.

—Lo son —confirmó Franklin como para que no se nos olvidara con qué tipo de personas nos enfrentábamos.

—Ya pues, sigue —rogó Magdalena.

—Las tenemos que sacar antes de que las muevan —dije.

—Ya sabemos eso, la pregunta es ¿cómo? —dijo Olga sobándose las manos con nerviosismo. Magdalena puso sus manos sobre las de Olga tratando de calmarla.

Franklin y yo ya habíamos conversado. Le hice un gesto para que él lo presentase.

—A las once de la mañana este martes, el día que toca hacer las entregas, el doctor Zhuang estará en la casa para hacer los exámenes de las chicas. Cuando termine de hacer sus evaluaciones, las chicas tendrán permiso para salir al jardín. Ese día, además de nuestros hombres de *delivery*, tendremos suplantados a todos los jardineros y ustedes suplantarán a las empleadas momentáneamente.

—¿Y el riesgo de que las chicas nos vean y digan algo? —preguntó Elsa.

—La mejor manera de convencerlas de que vengan con nosotros y rápidamente es que las vean a ustedes —contesté.

—¿Cómo haremos para suplantar a toda esa gente sin que nadie se dé cuenta? —preguntó Maritza.

—Ese es el día que todo parece estar más relajado y nadie de la familia Johnson se encuentra en la casa hasta la hora de almuerzo. Es una ventana corta, pero es todo lo que tenemos. En cuanto a los empleados, tenemos maneras de doblegarlos a nuestra "solicitud de empleo". Es interesante, pero todo el servicio en esa casa es Latino. No sé si será para que las chicas se sientan cómodas teniendo con quien hablar, pero el hecho es que estamos de suerte —contesté.

—Porque somos invisibles. Y todos nos parecemos —sonrió Magdalena.

—Exacto —dijo Franklin—. Tú manejarás la operación desde adentro, Magdalena, y Jordi y yo los esperaremos afuera. Una vez que lleven a las chicas a la camioneta de entregas, las colocarán en los espacios camuflados, de manera que cuando seguridad revise el vehículo a la salida no encuentre nada nuevo. Una vez que salgan de allí, todo el personal suplantado regresará a sus operaciones y los nuestros desaparecerán de la misma manera que entraron a la propiedad. Nadie advertirá el cambio. Unos kilómetros después de la salida, las pasaremos a otros vehículos y el del *delivery* será destruido.

—¿Y el doctor? —preguntó Magdalena.

—El doctor viene con nosotros. Si bien las chicas son la cura inmediata, el doctor representa la cura futura. Necesitamos todas las cartas en nuestras manos. Y Zhuang es el as bajo la manga —contesté.

Hay un muerto en mi balcón

El lunes, un hombre de excelente presentación, gran garbo y acento inglés, contratado por Jordi, se presentó para alquilar un departamento en unos edificios altos, nuevos y muy modernos, que disponían de condominios únicos tanto por la vista como por todos los extras que ofrecían, incluidos los muebles. Por tratarse de una oferta especial, le permitieron llevarse las llaves por una semana con la idea de que pudiese disfrutar del lugar antes de tomar una decisión.

Esa tarde, el mismo hombre, pero esta vez vestido de mensajero, se acercó a mí en un café y luego de confirmar mi nombre me entregó un ramo de flores. Dentro de un sobre acomodado entre el follaje decorativo venían las llaves junto con la dirección del lugar. Aquello era el regalo que Jordi me hacía a mí. Estábamos listos para empezar el proceso de redención.

Temprano el martes nos reunimos para pasar revista final al plan y lo que le tocaba hacer a cada uno, paso por paso, minuto por minuto, nada podía fallar o nos tendríamos que regresar a Catacaos con las manos vacías y los corazones cargados de rencor.

En silencio nos pusimos nuestros "trajes de oficio" cada uno y nos subimos a los vehículos que nos dejaron en las cercanías de la propiedad, para no ser detectados por cámaras o seguridad, y desde donde realizamos el intercambio con los verdaderos trabajadores del lugar a las 10:30 a.m., minutos después de que los Johnson dejasen la residencia.

Una vez en posición, esperamos a que lleguen los muchachos con el mercado de la semana y junto con ellos tomamos por sorpresa al doctor Zhuang, cuando se dirigía a la puerta principal, y lo inyectamos con un sedante de efecto instantáneo y duración prolongada. Al despertar, el hombre no recordaría nada de lo sucedido y se sentiría como si se hubiese pegado una borrachera de las buenas.

Las chicas estaban ya afuera, disfrutando del poco aire libre que les dejaban tener cada día, y nuestros "jardineros" pronto les dijeron lo que estaba sucediendo y las llevaron hacia el patio trasero.

La sorpresa en sus rostros fue infinita, pero luego de un breve abrazo con nosotras entendieron que tenían que seguir nuestras instrucciones de inmediato.

En unos cinco minutos, las chicas y el doctor Zhuang estaban escondidas en los compartimentos bajo el piso del vehículo y en sus paredes especialmente diseñados para aquel momento. Cuando el chofer arrancó, yo sentía que el corazón se me salía. No podía creer que estábamos tan cerca de lograr su liberación total.

Apenas pasamos la garita de seguridad sin problema alguno, los que quedaban de nuestro equipo intercambiaron puestos con el plantel de servicio de la casa, quienes fueron generosamente recompensados, y luego desaparecieron entre el verdimarrón del amplio bosque.

Una vez fuera y lejos de la propiedad nos detuvimos en un sitio seguro para sacar a los pasajeros que llevábamos de contrabando. Dejamos al doctor en una banqueta de parque. Gracias al tipo de calmante utilizado, el hombre no recordaría nada.

Minutos después, por fin pudimos sentarnos y mirar con ojos de adoración a nuestras hijas. La conversación giró en torno a lo sucedido. Nos enteramos por ellas que Philippe Johnson, el abuelo, había utilizado la conexión con miembros de nuestras familias para ganarse su confianza al enviar dinero de manera constante durante todos estos años, lo único que pedía era mantener las transacciones en secreto, ya que no quería esperanzarnos a nosotras, las madres, y menos a las hijas. Una vez que las chicas crecieron, les hizo hacerse los exámenes con la promesa de "reconocerlas" y así fue como consiguió todo lo que necesitaba para saber que eran donantes viables. Usando la misma treta que usó su padre quince años atrás, Philippe Johnson II usó a Philippe Johnson III y otros amigos como carnada para atraer y raptar a las chicas y luego utilizarlas como conejillos de indias en su alocada búsqueda de una cura para la enfermedad familiar. Nos clarificaron también que para poder sacarlas del país su padre las reconoció y les consiguió pasaporte americano.

—¿Las hicieron herederas de la fortuna? —preguntó Jordi, parecía sorprendido.

—¿Como que herederas? —indagué.

—Bueno, como lo escuchas: las chicas son oficialmente Johnson, así que si algo sucediese con su padre o su abuelo…

Cuando Jordi terminó su declaración, caímos en la cuenta del error que los Johnson cometieron y nos miramos.

—Seguramente no pensaban tratarlas como hijas después de sacarles los bebés… hasta tal vez buscaban usarlas para extirparles órganos de repuesto —dije sintiendo la rabia por todo lo sucedido. Olga, Elsa y Maritza también temblaban furibundas. De solo pensar las otras cosas que podrían haberles hecho, lo poco que valían las vidas de nuestras hijas para las personas como los Johnson, lo que más deseaba era decirles unas cuantas verdades y luego estrangularlos con mis propias manos.

Horas después, otro conocido de Jordi realizó una llamada al patriarca, Philippe Johnson. En la breve conversación le dijo que sabía dónde estaban las chicas y el doctor, y que si se reunía con él esa noche y le traía cuatro millones de dólares, él le devolvería de inmediato lo que "era suyo".

Puntual se presentó Philippe Johnson a la cita en el techo del edificio en donde Jordi había alquilado un departamento. La brisa temperada anunciaba una primavera maravillosa.

Como se le pidió, Johnson traía el dinero, pero no venía armado o traía a sus guardaespaldas con él.

De una esquina surgió Jordi acompañado por Franklin. Los dos pusieron las manos en alto para demostrar que ellos tampoco traían armas y avanzaron con lentitud hacia el hombre. Al llegar hasta donde estaba, le pidieron que caminara con ellos a un lugar donde estarían fuera del alcance de las cámaras. Los tres se movieron hacia una sección techada, cerca del murito del filo.

—¿El dinero? —dijo Jordi.

—Aquí está —contestó Philippe Johnson y colocó el maletín de gimnasia encima de una mesa de pícnic despintada que allí encontraron, junto con un cenicero inmenso lleno de colillas.

Los tres intercambiaron miradas luego de que Jordi contó el dinero y cerró el maletín.

—Parece completo —dijo Jordi—. Y si no, sabemos dónde encontrarlos.

—¿Y el doctor? —preguntó Philippe Johnson.

—Durmiendo la mona en un parque, cerca de su casa. Nunca estuvo en peligro —contestó Franklin—. Nuestro único interés es el dinero.

—Bien —dijo el hombre—. Entonces, estoy listo para llevarme a nuestras chicas. Esos bebés que cargan valen mucho. ¿Lo saben?

—Claro. ¿Por qué cree que las robamos? —contestó Franklin.

—Pero antes, me contesta una curiosidad: ¿las embarazaron ustedes? —preguntó Jordi—. Digo, como no tuvieron problema en embarazar a las madres…

—¿Qué están diciendo? ¿Piensan que somos unos pervertidos? —se enojó el viejo—. Pero... ¿Cómo saben? —preguntó.

—Porque nosotras les contamos... —contestaron unas voces femeninas desde la oscuridad.

Una luz fuerte se encendió cegando al patriarca.

—Quince años después por fin lo encontramos —dije avanzando hacia él sabiendo que sería difícil que nos distinguiese.

—Y con las manos en la masa —añadió Olga.

—Y ahora... ¿quién podrá salvarlo? —dijo Maritza y todas nos reímos.

—Qué... quiénes... cómo... —tartamudeó el viejo sorprendido de vernos allí.

—Somos los espíritus del pasado, viejo imbécil —añadió Elsa—. Y ahora va a firmar esta confesión... —Colocó un papel tipo escritura y lapicero sobre la mesa—. ¡Rápido, que no nos sobra el tiempo!

—¿Y si no quiero? —dijo Philippe Johnson tratando de aparecer envalentonado.

—Si no quiere, lo tiramos ahora mismo desde este techo hasta abajo... splat splat —me reí mientras le daba un empujón con la mano.

Hubo una pequeña pausa y, sin siquiera leer, el hombre firmó su nota de suicidio/confesión y le entregó el documento a Franklin, quien lo miró y asintió con la cabeza. Era el momento de finalizar ese episodio de nuestras vidas.

Alimentadas por la ira, las cuatro empezamos a acercarnos lentamente al hombre. Podíamos ver en sus ojos aterrorizados que sentía venir una gran ola de fiereza, la sentencia que nos tomó quince años dictar.

Poco a poco empezamos a golpearlo con la punta de los dedos, despacio, rítmicamente, sin dejar huellas, moviéndolo centímetro por centímetro hacia el borde del techo, hacia su destino final.

Entré al departamento que aquel hombre con apariencia de barón inglés alquiló el día anterior. Sabía lo que encontraría allí (si la puntería no nos había fallado, claro). Encendí las luces, nunca en mi vida imaginé desear la muerte de alguien, pero allí estaba, a solo unos pasos de lo que acababa de hacer. El sonido de lo sucedido tocaba en mis oídos como disco rayado: PUM PUM PUM PUM AY AY AYYYYY SPLAT SPLAT.

Desde el último piso del edificio aterrizó el viejo maldito, dándole con su cabeza al mismísimo centro del balcón y luego extendiendo su cuerpo de muñeco de trapo como si se hubiese quedado dormido en el piso. Me arrodillé para estudiar su rostro, o, mejor dicho, lo poco que quedaba de él. Pude palpar el horror de los últimos segundos, el pánico de saberse sin salida. Era una mueca de espanto congelada en el tiempo lo que quedaba en su boca. De sus labios ensangrentados todavía borbotaban las gotas rojas que peleaban por salir de la garganta estoqueada por los huesos de la mandíbula removidos de su lugar por el impacto de la caída. En sus ojos la inmensidad de la nada se reflejaba, como dejándome saber que él nunca más vería ni lo bueno ni lo malo de este mundo; que nunca más tendría un gozo, una satisfacción, una alegría; que caminaría en la oscuridad más intensa por el resto de la eternidad.

Encendí un cigarrillo para disfrutar de mi venganza antes de llamar a la policía y desaparecer en la noche. Desde el balcón vi a mi Jordi en la acera de enfrente sonriéndome. Y sonreí también, él tenía un libro nuevo que escribir y yo, mi Felicidad y mi revancha. La ofrenda de amor estaba consagrada.